GUIA para cuidar bem do PLANETA

Para a querida Juliana Nunes,
que tanto me ensinou.
PES

Patrícia Engel Secco e
Jamile Balaguer Cruz

GUIA para cuidar bem do PLANETA

Editora Melhoramentos

Editora Melhoramentos

Secco, Patrícia Engel
   Guia para cuidar bem do planeta / Patrícia Engel Secco e Jamile Balaguer Cruz. São Paulo: Editora Melhoramentos, 2013.

   ISBN 978-85-06-07033-8

1. Ensino ambiental. 2. Meio ambiente. 3. Preservação ambiental. I. Cruz, Jamile Balaguer. II. Título.

13/234   CDD 370

Índices para catálogo sistemático:
1. Educação e ensino   370
2. Sustentabilidade – Meio ambiente   574.5
3. Meio ambiente – Preservação ambiental   574.5
4. Desenvolvimento sustentável   574.5
5. Educação ambiental   574.5
6. Preservação e política ambiental   574.5
7. Responsabilidade ambiental   574.5

Obra conforme o Acordo Ortográfico da Língua Portuguesa

© Patrícia Engel Secco
© Jamile Balaguer Cruz

Projeto gráfico: Patrícia Engel Secco
Diagramação e capa: Amarelinha Design Gráfico
Crédito das imagens: capa e páginas 2-3: Alex Williamson/Getty Images.
Demais imagens: Dreamstime.com.

Direitos de publicação:
© 2013 Editora Melhoramentos Ltda. Todos os direitos reservados.

1.ª edição, 4.ª impressão, fevereiro de 2022
ISBN: 978-85-06-07033-8

Atendimento ao consumidor:
Caixa Postal 729 – CEP 01031-970
São Paulo – SP – Brasil
Tel.: (11) 3874-0880
www.editoramelhoramentos.com.br
sac@melhoramentos.com.br

Impresso no Brasil

Sumário

Introdução, 11

O que rola mundo afora!, 13

Poluição do ar, **15**

Aquecimento global, **16**

"Buracos" na camada de ozônio, **18**

Chuva ácida, **21**

Poluição da água, **23**

Mar de plástico, **27**

Diminuição da biodiversidade, **29**

Lixo, **31**

50 dicas para cuidar do planeta, 35

1. Deixe o sol entrar, **39**
2. Não fique segurando a porta da geladeira, **40**
3. Tire o carregador da tomada, **42**
4. Use um abajur para leitura, **44**
5. Evite uma pilha de pilhas, **46**
6. Configure o seu computador para gastar menos energia, **48**
7. Prefira os notebooks e os tablets, **49**
8. CDs e DVDs, somente em último caso!, **50**
9. Verifique a potência de seu chuveiro, **52**
10. Evite o uso excessivo de secadores de cabelo, **54**
11. Aproveite as correntes de ar, **56**

12. Expulse a preguiça, **57**
13. Recicle seu celular, **59**
14. Nos eletrônicos busque qualidade e procure reutilizá-los, **62**
15. Evite o desperdício de papel, **65**
16. Não pegue folhetos nas ruas, **68**
17. Troque ou doe livros didáticos, **71**
18. Conheça os livros vivos, **73**
19. Doe seu material escolar usado, **75**
20. Economize água, **77**
21. Deixe a mangueira de lado, use o balde, a vassoura, o regador..., **80**
22. Não acione a descarga à toa, **82**
23. Tenha um bom filtro em casa, **85**
24. E no fogão, atenção!, **87**
25. Não tenha os olhos maiores do que a barriga!, **89**
26. Dê preferência às frutas e verduras da estação!, **93**
27. Não vá às compras com fome!, **95**
28. Seja um consumidor consciente, **96**
29. Recuse as sacolinhas..., **98**
30. Faça bom uso das embalagens, **100**
31. Reduza o uso de copos de plástico e utensílios descartáveis, **103**
32. Reutilize!, **105**
33. Use sua criatividade: transforme!, **107**
34. Dê vida longa ao seu armário!, **109**
35. Aproveite as promoções, mas contenha-se!, **112**

36. E o papel e a casca? Coloque no lixo!, **114**
37. Recicle!, **118**
38. Pneu velho na garagem? Mande já para a reciclagem!, **120**
39. Lembre-se: lata não é lixo, não!, **122**
40. Poupe a natureza, recicle papel, **124**
41. Na natureza, nada se cria. Até a areia se transforma!, **127**
42. Conheça a reciclagem do plástico, **130**
43. Fuja de congestionamentos, **133**
44. Proteja os animais silvestres, **135**
45. Tire um animal das ruas e pratique a posse consciente, **138**
46. Seja um cidadão do planeta, cuide do que é seu!, **141**
47. Denuncie e cobre atitudes!, **143**
48. Seja um voluntário, participe!, **146**
49. Convença alguém, **148**
50. Aproveite a natureza, **149**

O que rola mundo afora 2!, 151

Rio+20, **153**

Visão 2050, **157**

Greenpeace, WWF, SOS Mata Atlântica, **159**

Últimas dicas, 165

O futuro do nosso planeta depende de você!, 166

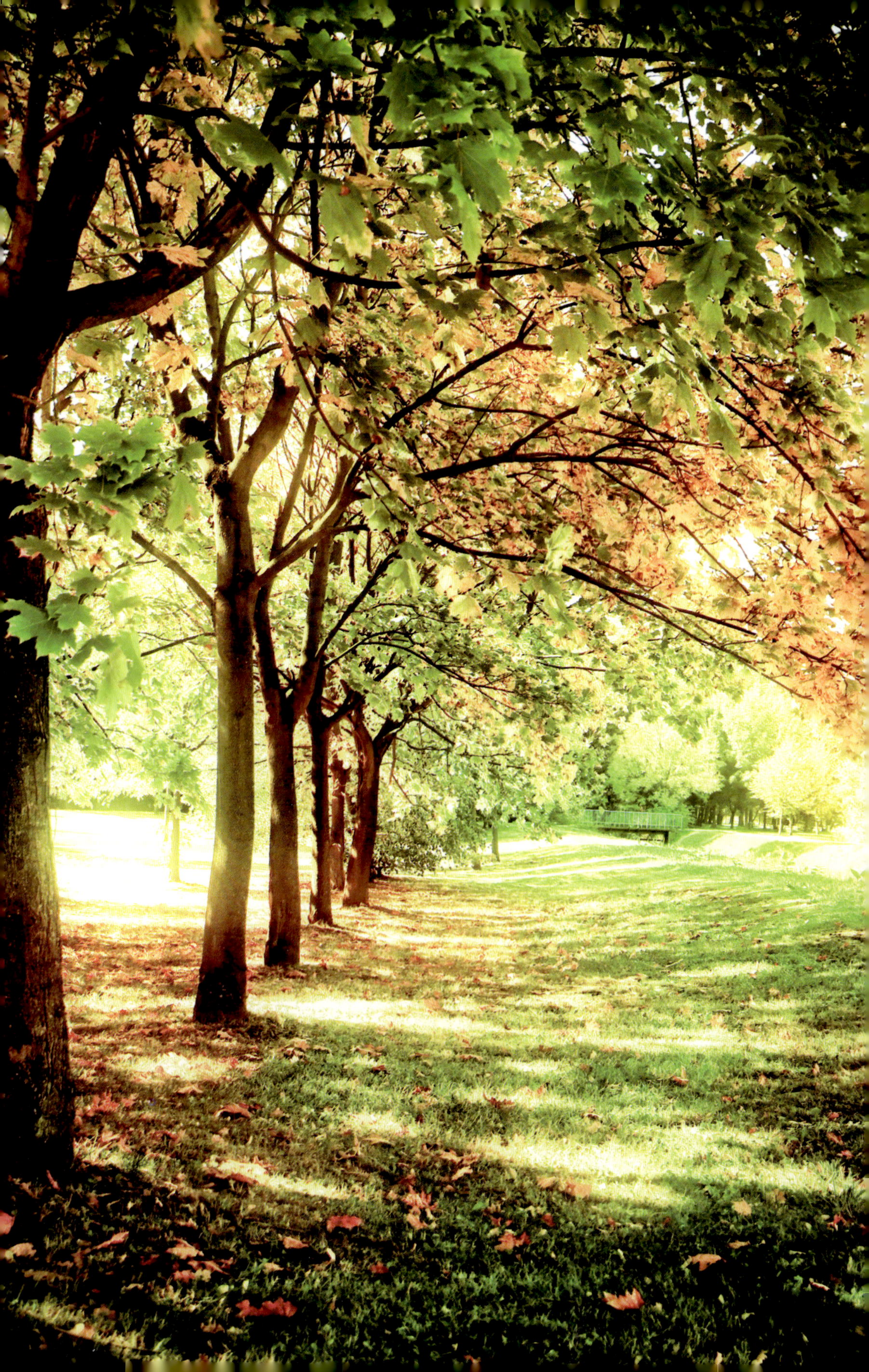

"Nas circunstâncias atuais, nenhum de nós pode se dar ao luxo de presumir que outros vão resolver nossos problemas; cada um de nós deve assumir sua própria cota de responsabilidade universal. Nesse caminho, à medida que o número de indivíduos responsáveis interessados crescer, dezenas, centenas e milhares ou mesmo centenas de milhares de pessoas desse tipo vão melhorar enormemente a atmosfera geral do planeta."

Dalai Lama

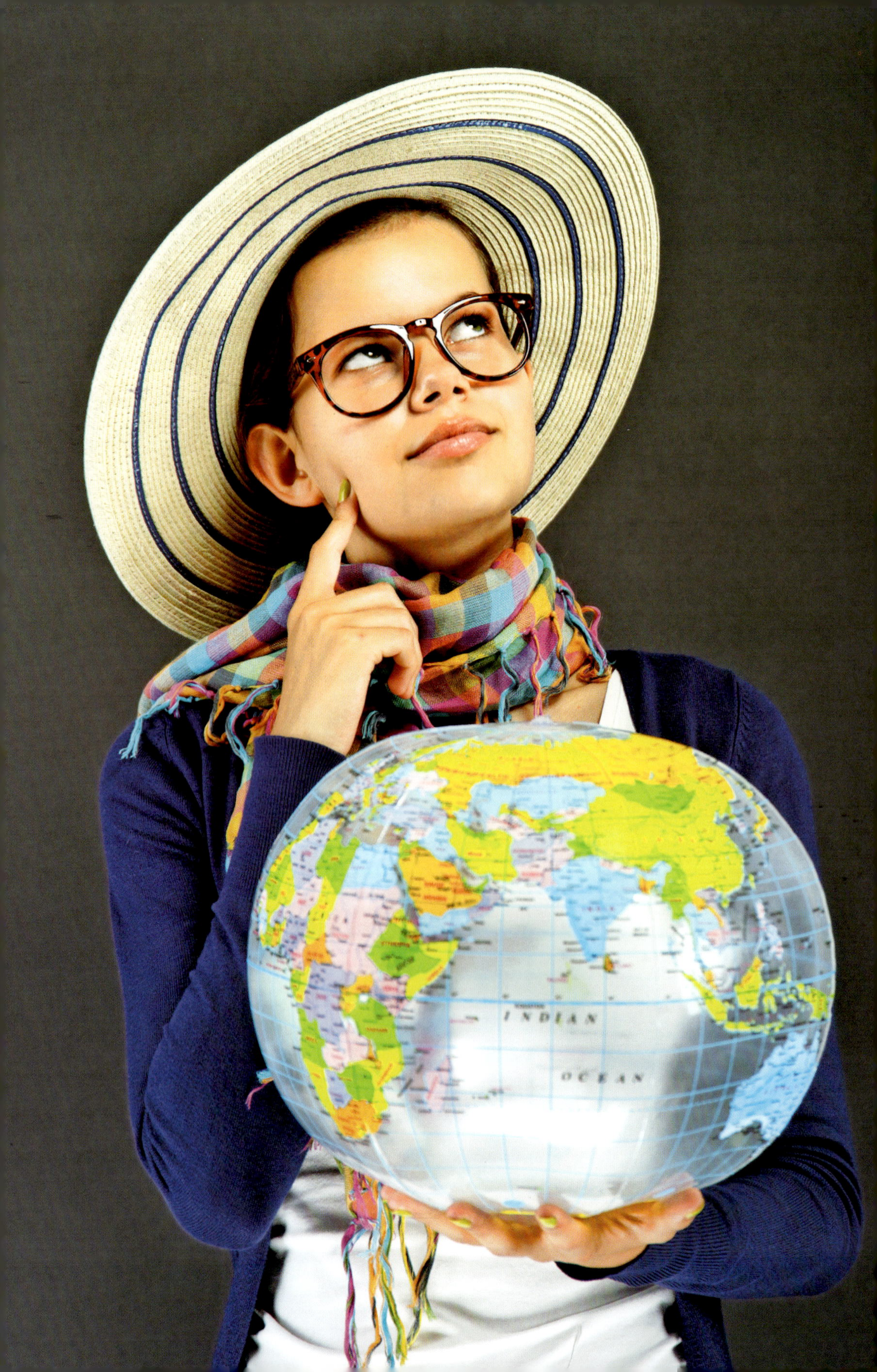
INDIAN
OCEAN

Introdução

Imitar os adultos, brincar de médico, professor, cozinheiro e de outras profissões e sonhar com o futuro faz parte da vida de qualquer criança. Afinal, quem já não foi super-herói, bailarina ou astronauta por um dia?

Com a chegada da adolescência, os sonhos dão lugar ao planejamento, e ser astronauta ou super-herói talvez não seja a profissão que melhor se adapte a você. Nessa fase da vida, quando surge a percepção de que escolhas precisam ser feitas e de que o futuro está logo ali, aparecem dúvidas, insegurança e ansiedade, sentimentos que têm acompanhado adolescentes e jovens adultos há muitas e muitas gerações.

Entretanto, nos dias de hoje, o futuro está coberto por uma dose extra de incertezas ligadas ao meio ambiente, e, infelizmente, não há jovem que não tenha dúvidas sobre como será o mundo em que ele vai constituir sua família e criar seus filhos.

O que será feito com tanto lixo e tanta poluição? Haverá água suficiente? Qual será o nível dos mares? Existirão florestas? Quantas espécies de animais ainda povoarão a Terra? Como será o clima do planeta?

Podemos dizer que os adolescentes de hoje enfrentam reais possibilidades de vivenciar sérias mudanças no meio ambiente, problemas causados ou acelerados pela ação do ser humano e que não podem ser ignorados. Precisam ser enfrentados!

A boa notícia é que os jovens possuem em seu DNA a certeza de que podem mudar o futuro. É exatamente disso que o mundo precisa: de vontade e determinação... Afinal, todos sabemos que cada pessoa é capaz de cuidar do planeta e ajudar a salvá-lo. E o melhor de tudo é que ninguém precisa esperar para arregaçar as mangas e começar a agir!

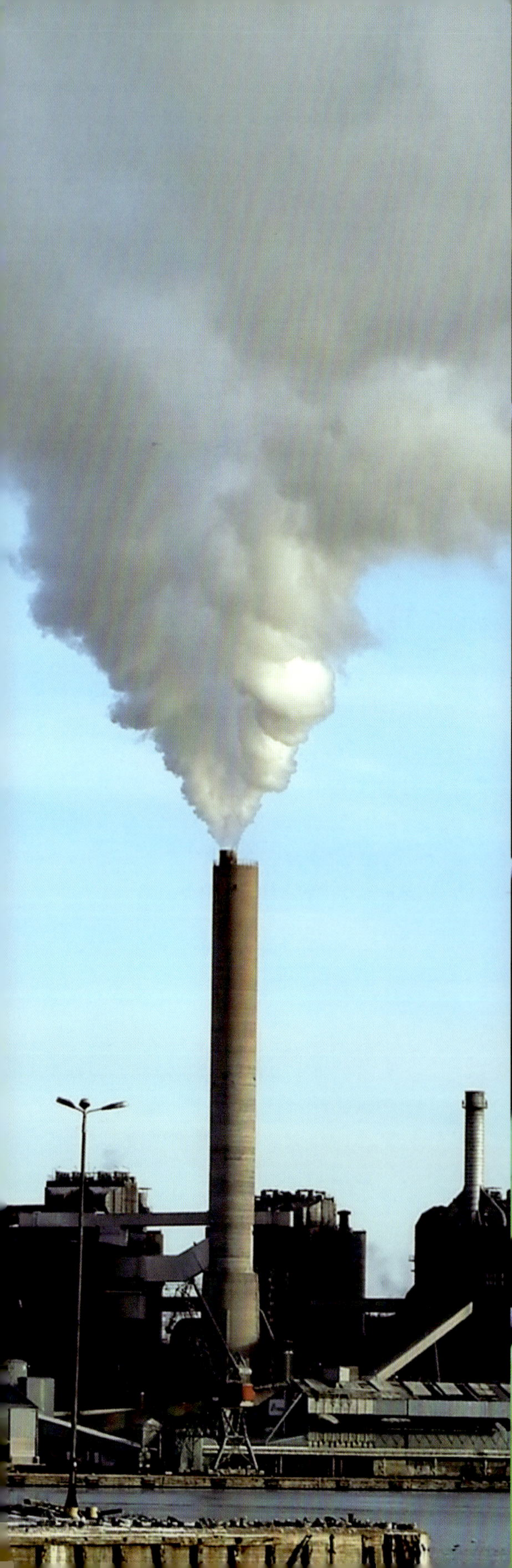

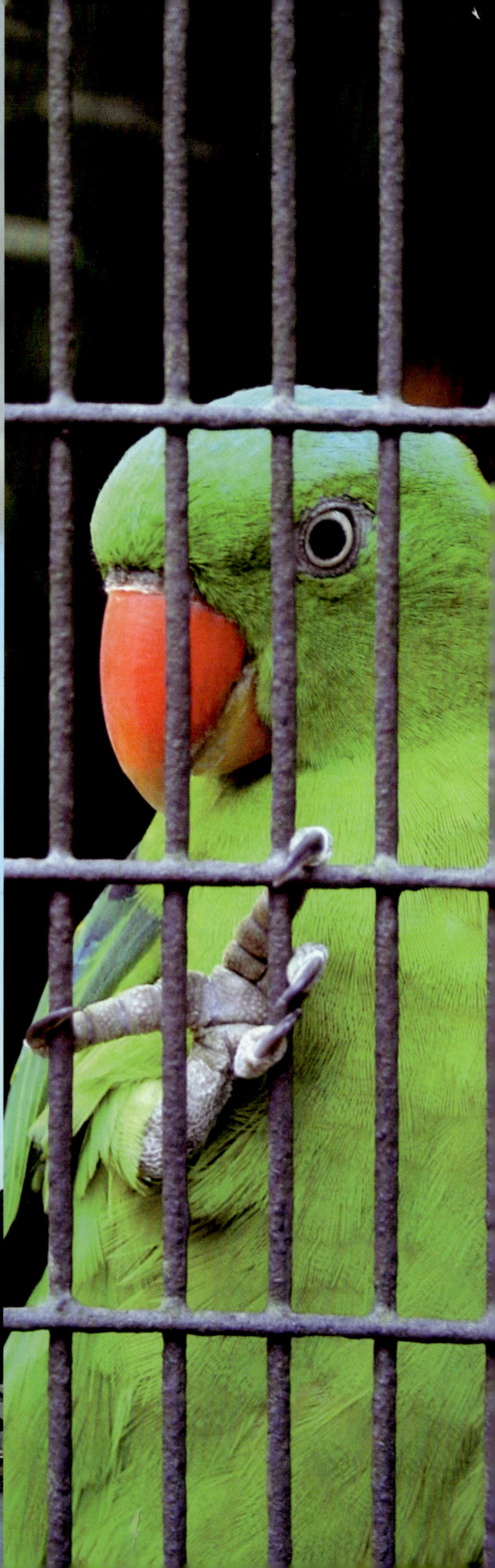

O que rola mundo afora!

Apresentaremos rapidamente alguns dos problemas ambientais que o mundo enfrenta e dos quais você já deve ter ouvido falar... muito!

Poluição do ar

Composto por cerca de 21% de oxigênio, o combustível da vida, o ar que respiramos é fundamental, e sua pureza, importantíssima para a manutenção de nossa saúde.

A poluição do ar é um problema intimamente relacionado ao progresso da civilização, sendo consequência, principalmente, da introdução de produtos tóxicos no meio ambiente. Além de prejudicar a saúde, a poluição atmosférica pode reduzir a visibilidade, diminuir a intensidade da luz e provocar odores desagradáveis, tendo, inclusive, ação direta no aquecimento global e na incidência de chuvas ácidas. Em outras palavras, a poluição do ar tem várias causas, sendo a principal delas o desenvolvimento humano; por exemplo, a poluição resultante de gases e partículas lançadas no ar pela queima de combustíveis fósseis (derivados de petróleo, carvão) e pela produção industrial.

Aquecimento global

É assustador acompanhar na TV, em jornais e revistas as notícias sobre as catástrofes e as mudanças climáticas que estão ocorrendo no mundo, como as ondas de frio ou calor intenso que castigam a Europa, os ciclones que devastam completamente cidades na América do Norte, ou ainda as inundações que levam consigo morros e cidades inteiras na América do Sul. Geleiras estão derretendo e as calotas polares diminuem a cada dia, um fenômeno que ocasiona o aumento do nível dos mares. Mas o que está provocando tudo isso?

Sabemos que a Terra já passou por inúmeras mudanças climáticas desde o big bang. Entretanto, pesquisadores afirmam que as mudanças que estamos vivenciando estão acontecendo rápido demais e que provavelmente são resultantes dos desmatamentos e do aumento da emissão de gases poluentes, principalmente os derivados da queima de combustíveis fósseis que causam o efeito estufa. Isso acontece porque esses gases formam uma camada que absorve parte da radiação emitida pela Terra e dificulta a dispersão do calor.

As consequências do aquecimento podem ser desastrosas. Reuniões internacionais têm sido promovidas a fim de que se crie um acordo entre os países visando à redução da emissão de gases causadores do efeito estufa na atmosfera. A reunião mais importante aconteceu no Japão, em 1997, na cidade de Kyoto, na qual foi assinado um protocolo que obrigava as nações desenvolvidas do hemisfério norte a reduzir suas emissões de gases. Infelizmente, os Estados Unidos, os maiores emissores de CO_2 àquela época, nunca aderiram ao protocolo, cobrando metas também para os países emergentes, principalmente Índia, Brasil e China, hoje em dia, o maior emissor. Esse protocolo foi renovado no final de 2011, na Conferência da Organização das Nações Unidas (ONU) sobre Mudanças Climáticas, que aconteceu na África do Sul, traçando um caminho para que todos os países, e não apenas os desenvolvidos, reduzam as emissões de gases causadores do efeito estufa.

"Buracos" na camada de ozônio

Todos nós já ouvimos falar dos "buracos" na camada de ozônio. Mas você sabe o que é ozônio, qual a importância dessa camada ou onde ela se localiza?

Vamos começar pelo ozônio, um gás formado por três átomos de oxigênio. Encontramos o ozônio em pequenas concentrações na estratosfera, camada da atmosfera localizada dos 15 aos 50 quilômetros de altura. É justamente na estratosfera que se encontra a camada de ozônio, que funciona como escudo protetor contra raios ultravioleta emitidos pelo Sol, perigosos para as plantas, os animais e as pessoas. Foi graças a esse escudo protetor que a vida encontrou condições de evolução em nosso planeta.

Entretanto, no início da década de 1980, cientistas descobriram que o uso crescente de certos gases, utilizados em geladeiras, aerossóis e condicionadores de ar, liberavam gases CFCs (clorofluorcarbonos) e halons (hidrocarbonetos alifáticos halogenados) que estavam, silenciosamente, destruindo a camada de ozônio. Nessa época, descobriu-se que essa camada tinha se tornado extremamente rarefeita sobre a Antártica, tão fina que o fenômeno ficou conhecido como "buraco na camada de ozônio". O problema, seriíssimo, levou 170 países a se reunir em 1987 em Montreal, no Canadá, para assinar um protocolo que previa a substituição dos gases destruidores do escudo protetor por produtos químicos inofensivos ao ozônio, resultando em uma diminuição gradual desses gases perigosos, o que recuperaria a camada. Na época, apenas 31 países assinaram o protocolo, mas apenas dois anos mais tarde já eram 81 signatários, inclusive o Brasil.

Hoje em dia, podemos encontrar "buracos" na camada de ozônio não só sobre o Polo Sul, mas também sobre o Ártico, o Chile e a Argentina, sendo o "buraco" sobre a Antártica o maior e o mais preocupante de todos.

Vale notar também que, apesar de o ozônio ser tão importante quando está presente na estratosfera, é um gás muito poluente quando sua ocorrência se dá na troposfera, camada da atmosfera onde se encontra o ar que respiramos. Você já deve ter percebido a poluição por ozônio em dias de sol, sem vento, ocasião em que se forma uma espécie de névoa ou *smog*, um tipo de nevoeiro que pode causar danos respiratórios.

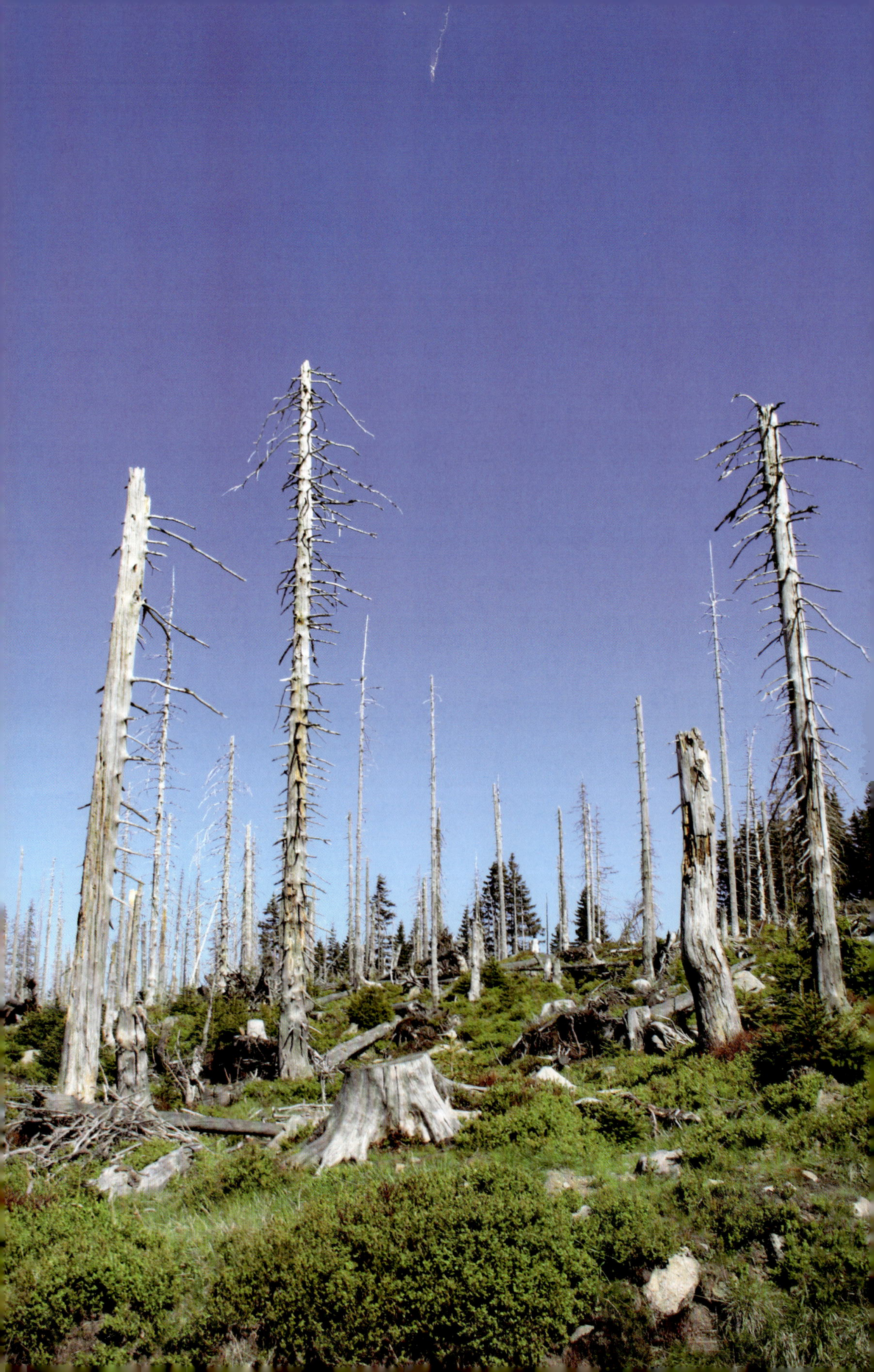

Chuva ácida

Outro sério problema causado pela poluição do ar é a ocorrência de chuvas ácidas, que são assim conhecidas por transportarem alguns gases ácidos, como, por exemplo, os lançados no ar por carros, caminhões, incineradores, indústrias químicas, usinas etc.

As nuvens carregadas de chuva ácida são levadas pelo vento por centenas de quilômetros para florestas, matas, rios e lagos, causando a morte de árvores, peixes e poluindo importantes mananciais. A ação da chuva ácida é tão nefasta que muitas vezes chega a corroer pedras e estruturas metálicas.

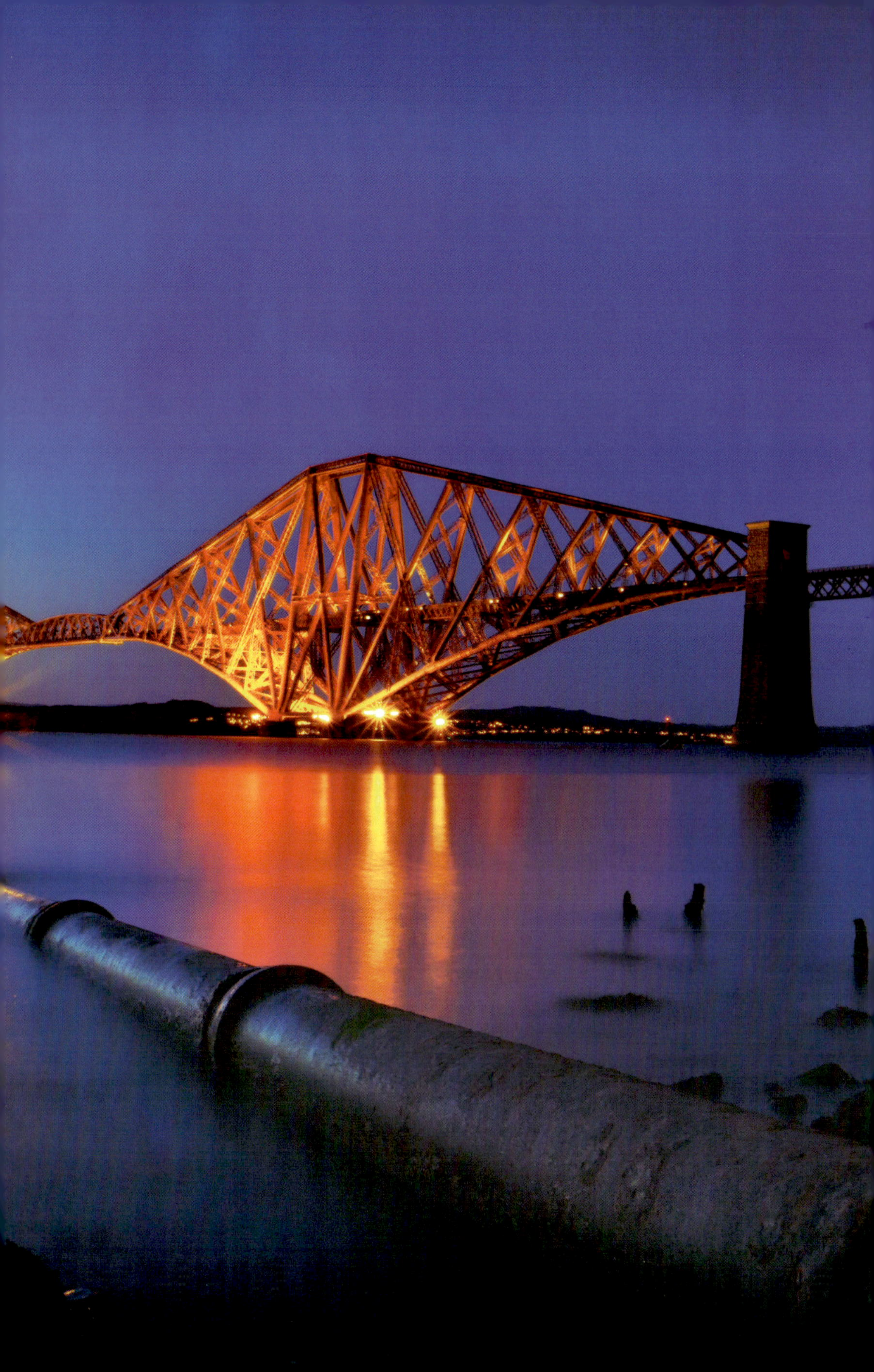

Poluição da água

Sem água não há vida!

Você sabia que é justamente a existência de água, em seu estado líquido, que diferencia o nosso planeta de todos os outros de que se tem conhecimento no Universo? Pois é, foi na água dos oceanos que surgiram as primeiras formas de vida, e, infelizmente, é também onde encontramos, hoje em dia, uma de suas principais ameaças: a poluição.

Os mares e os oceanos, que ocupam cerca de 70% da superfície da Terra, são extremamente importantes para o equilíbrio natural do nosso planeta, pois, além de abrigar grande parte da vida existente, são um dos principais responsáveis pela absorção do CO_2 lançado na atmosfera e desempenham papel fundamental no ciclo da água, reciclando-a e regulando o clima.

Aproximadamente seis em cada dez habitantes do planeta vivem a menos de 100 quilômetros da orla marítima, dependendo dos mares e dos oceanos para pesca, criação, transporte etc. Entretanto, é justamente a ocupação urbana uma das principais causas da poluição das águas oceânicas e, portanto, uma das mais graves ameaças a essas águas. Diariamente, milhões e milhões de litros de esgotos, pesticidas, efluentes industriais e até mesmo resíduos sólidos são lançados nos mares, deteriorando a qualidade da água e rompendo o delicado equilíbrio existente.

E se essa é a situação dos mares e oceanos, ou seja, de cerca de 97% da água do planeta, imagine então como devem estar os mananciais de água doce, indispensável para a vida humana!

Você deve saber que nosso organismo é formado por dois terços de água e que, para mantermos nossa saúde, precisamos consumir cerca de 2,5 litros de água por dia. Agora, se considerarmos a água que usamos para cozinhar, lavar louça, tomar banho, escovar os dentes, lavar roupa etc., podemos chegar a uma média, aqui no Brasil, de quase 150 litros por pessoa, por dia! Muita coisa, não? Ainda mais se levarmos em consideração que a água doce é um recurso escasso e muito mal distribuído pelo mundo. Enquanto algumas regiões têm água em abundância, outras sofrem com secas avassaladoras. Estima-se que mais de 850 milhões de pessoas vivem sem acesso à água potável, um número que cresce ainda muito mais se considerarmos o saneamento básico: aproximadamente 2,6 bilhões de habitantes não possuem instalações sanitárias, uma situação que não só coloca em risco a saúde dessas pessoas, mas também contribui muito para a poluição de rios, represas, mares, nascentes, lençóis freáticos etc.

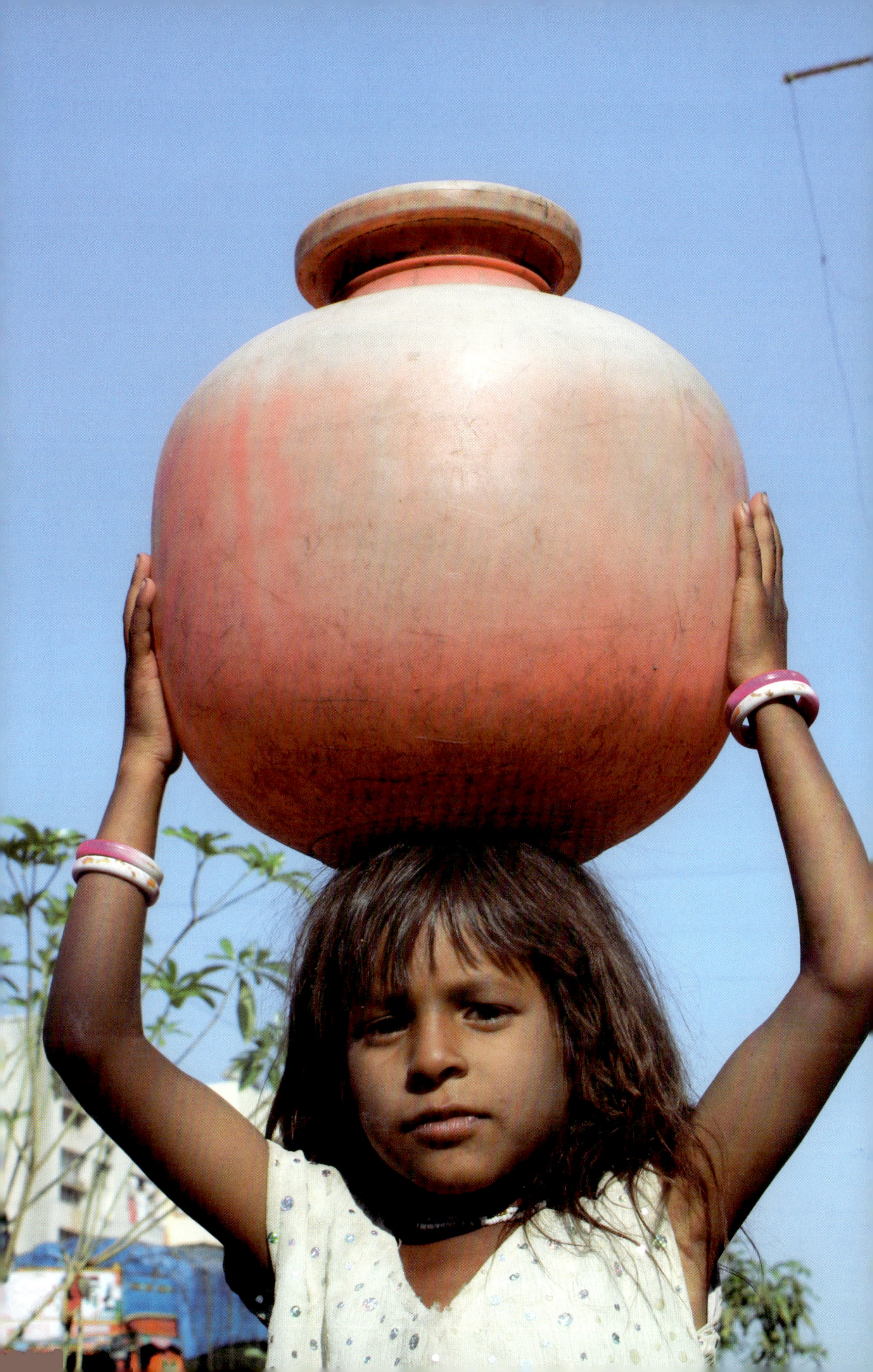

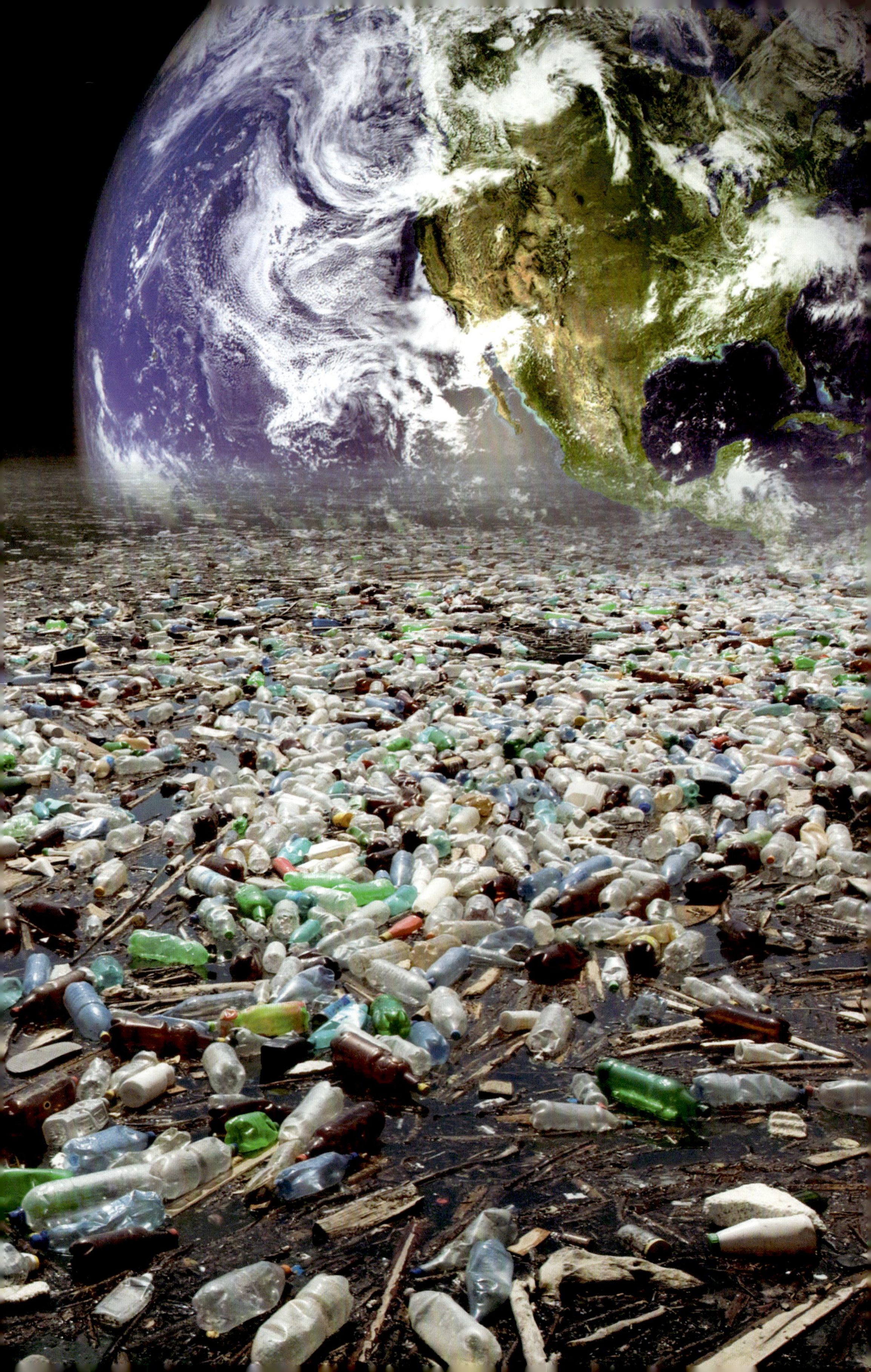

Mar de plástico

Você já percebeu que basta chover um pouco para que logo avistemos garrafas, copinhos e outras peças plásticas boiando em rios, lagos e mares? Isso acontece porque todo lixo capaz de flutuar, como plástico, náilon e isopor, quando não descartado de maneira correta e em local adequado, é facilmente levado pela água. Esse lixo é um potencial viajante e, pior, é também um coletor de poluentes, pois, aos poucos, vai se quebrando, transformando-se em milhões de pedacinhos, e, apesar de desaparecer logo, prossegue sua jornada e se mantém no meio ambiente por muito e muito tempo.

Os resíduos não chegam a formar uma ilha, mas uma fina camada de fragmentos flutuantes se espalha pelos mares de todo o mundo, afetando a flora marinha e causando a morte de pássaros, peixes e outros animais que confundem o lixo com alimento.

Ainda não se sabe como limpar essas grandes manchas de lixo, e, como a poluição oceânica por plásticos é um problema global, a única saída é impedir que mais plásticos cheguem aos mares.

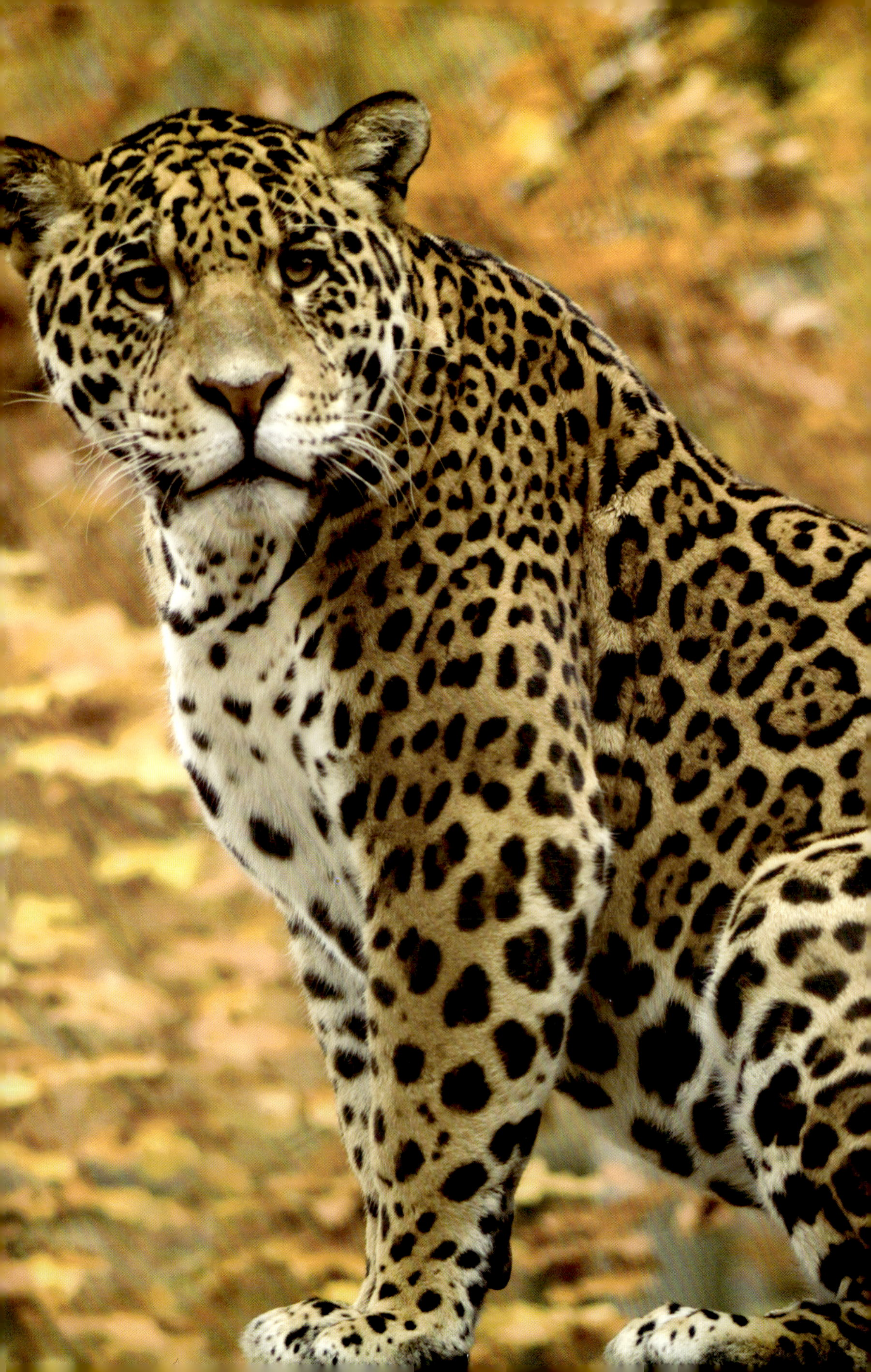

Diminuição da biodiversidade

Buscando o seu conforto e melhores condições de vida, o homem promoveu inúmeras mudanças no nosso planeta. No princípio, as transformações aconteciam devagar: uma floresta a menos aqui, uma plantação a mais ali, um cerrado a menos acolá, uma nova cidade mais adiante.

Hoje, somos mais de 7 bilhões de habitantes, e a necessidade de moradia e alimentação é um dos principais problemas por nós enfrentados. Para que consigamos espaço suficiente para casas, pastos e plantações, acabamos por destruir o lar de inúmeros animais e plantas, seja esse lar floresta, cerrado, mata ou mangue. Esses animais e plantas, sem lugar para viver, começam a desaparecer, situação que é agravada ainda mais pela poluição e que coloca em risco a diversidade das espécies, ou seja, a biodiversidade. Essa situação é muito séria, pois é justamente da biodiversidade que depende a continuação da vida no planeta.

O Brasil abriga a maior biodiversidade do mundo: é o lar de aproximadamente 25% das espécies vivas de todo o planeta. Entretanto, é também um dos países onde encontramos o maior número de espécies animais e vegetais ameaçadas.

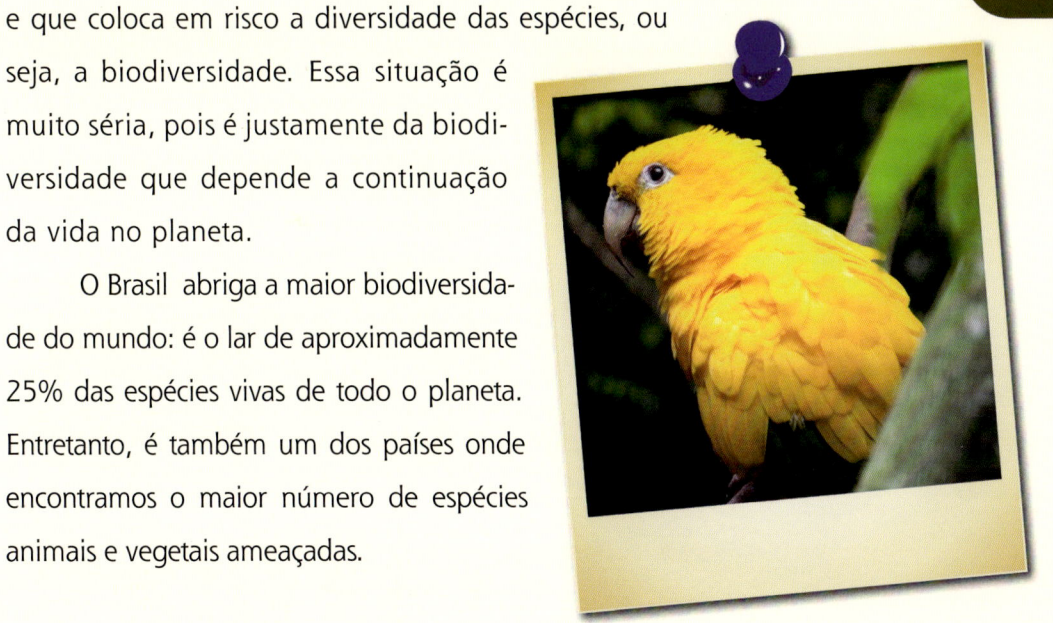

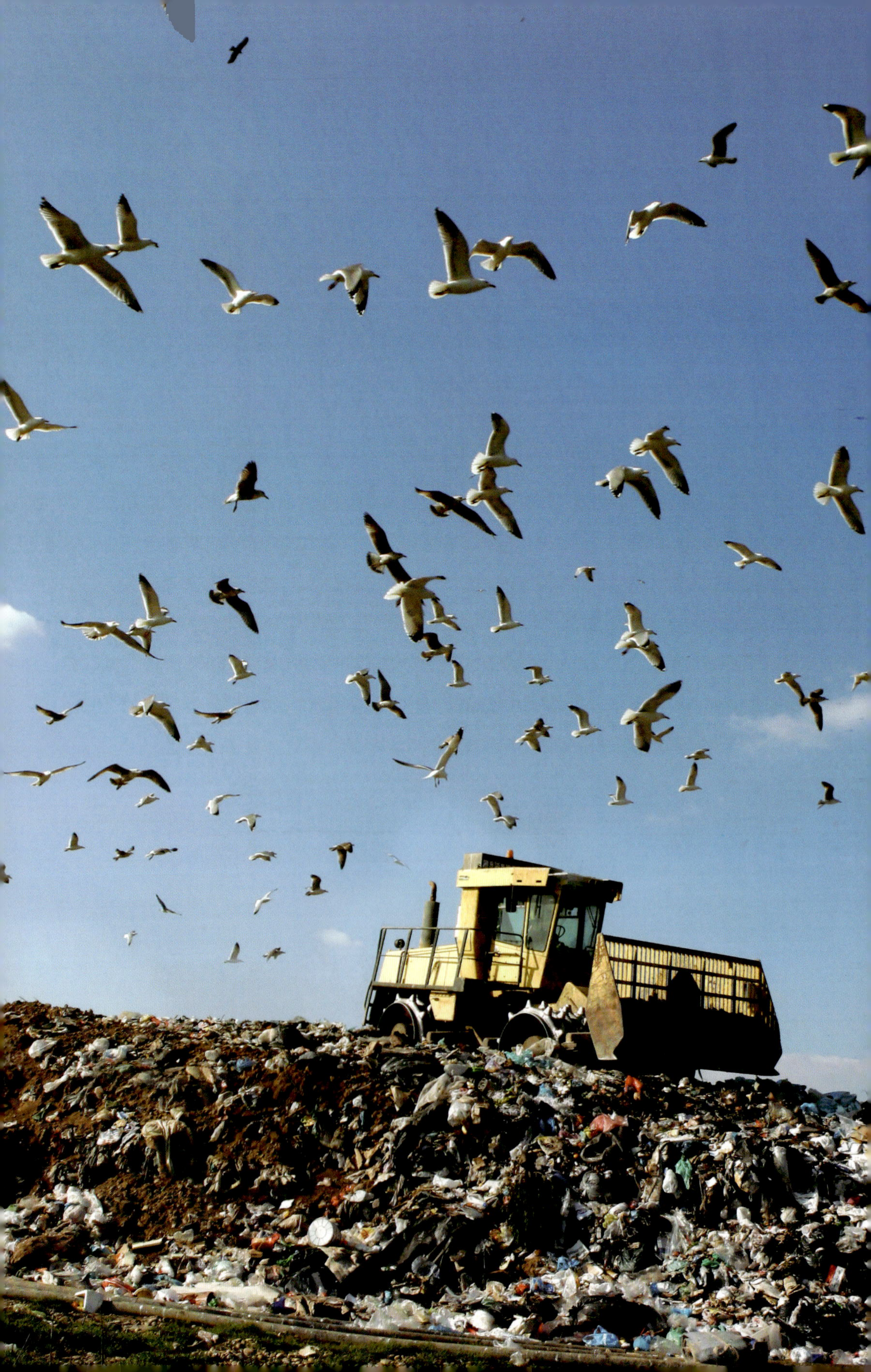

Lixo

Você sabe o que é lixo?

Lixo é todo resíduo sólido, semissólido ou semilíquido resultante das atividades do homem na sociedade. Em outras palavras, lixo é tudo aquilo que não nos serve mais e de que não precisamos ou não queremos ter por perto. Por essa razão, muitas vezes pouco nos preocupamos como o seu destino.

O lixo está presente, cada vez mais, em nosso cotidiano, especialmente nos ambientes urbanos, as cidades, onde ele pode ser visto em todos os lugares.

Sacolas plásticas, embalagens de leite, latas de refrigerante, caixas de papelão, aparelhos eletrônicos ultrapassados, entulho, produtos tóxicos... Quanto mais próspero e rico é um país, mais detritos ele gera. O acúmulo do lixo e a destruição do meio ambiente gerada pela má destinação dos resíduos são alguns dos grandes problemas ambientais do mundo, e a gestão sustentável desses resíduos pressupõe uma abordagem que tenha como base o princípio dos 4 Rs, que são:

REPENSAR nossos hábitos,
REDUZIR o consumo exagerado,
REUTILIZAR e otimizar o uso de produtos e materiais,
RECICLAR e recolocar no ciclo produtivo a maior parte dos resíduos que forem efetivamente dispostos no lixo.

No entanto, ainda estamos longe de uma situação sustentável e acabamos por jogar fora muita coisa que na verdade não é lixo, e, sim, material útil que poderia ser reutilizado ou reciclado.

No Brasil, reciclamos muito pouco, menos de 2% de nosso lixo, mas em regiões como a União Europeia esse percentual chega a quase 45%. Isso nos faz ter certeza de que dispor corretamente dos resíduos é um hábito que precisa ser incentivado e cultivado incessantemente. Nele encontram-se grandes oportunidades, como transformar lixo em trabalho, riquezas e até mesmo energia, fundamentais quando o assunto é "cuidar" do planeta.

LINKS QUE ROLAM...
CASO VOCÊ TENHA SE INTERESSADO E QUEIRA SABER MAIS SOBRE OS PROBLEMAS AMBIENTAIS QUE O MUNDO ENFRENTA, ACESSE O LINK
http://reciclick.com.br/guia/o-que-rola-mundo-a-fora.
NELE VOCÊ ENCONTRARÁ DICAS DE LIVROS, FILMES, FOTOGRAFIAS E MUITO MAIS.

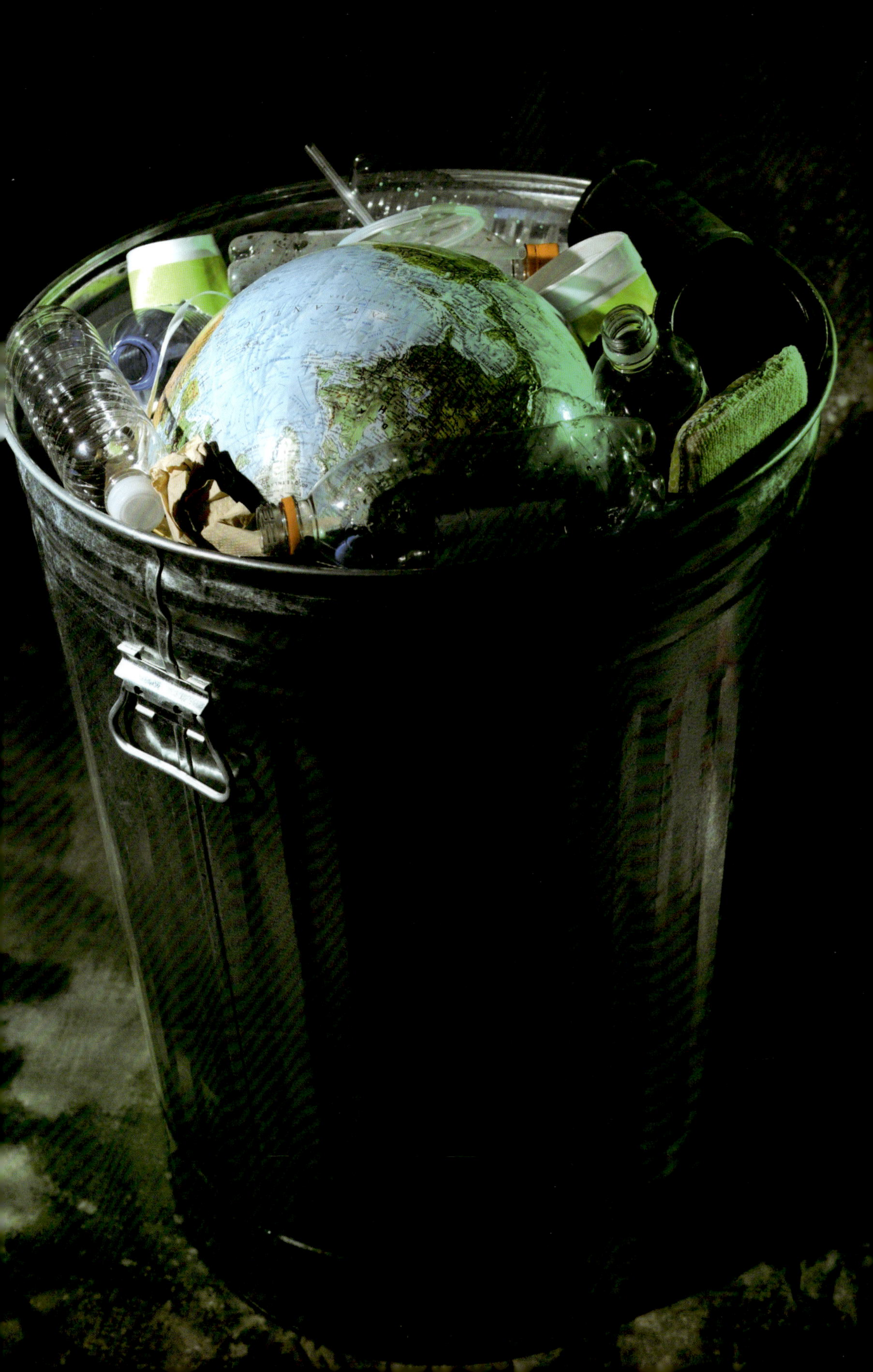

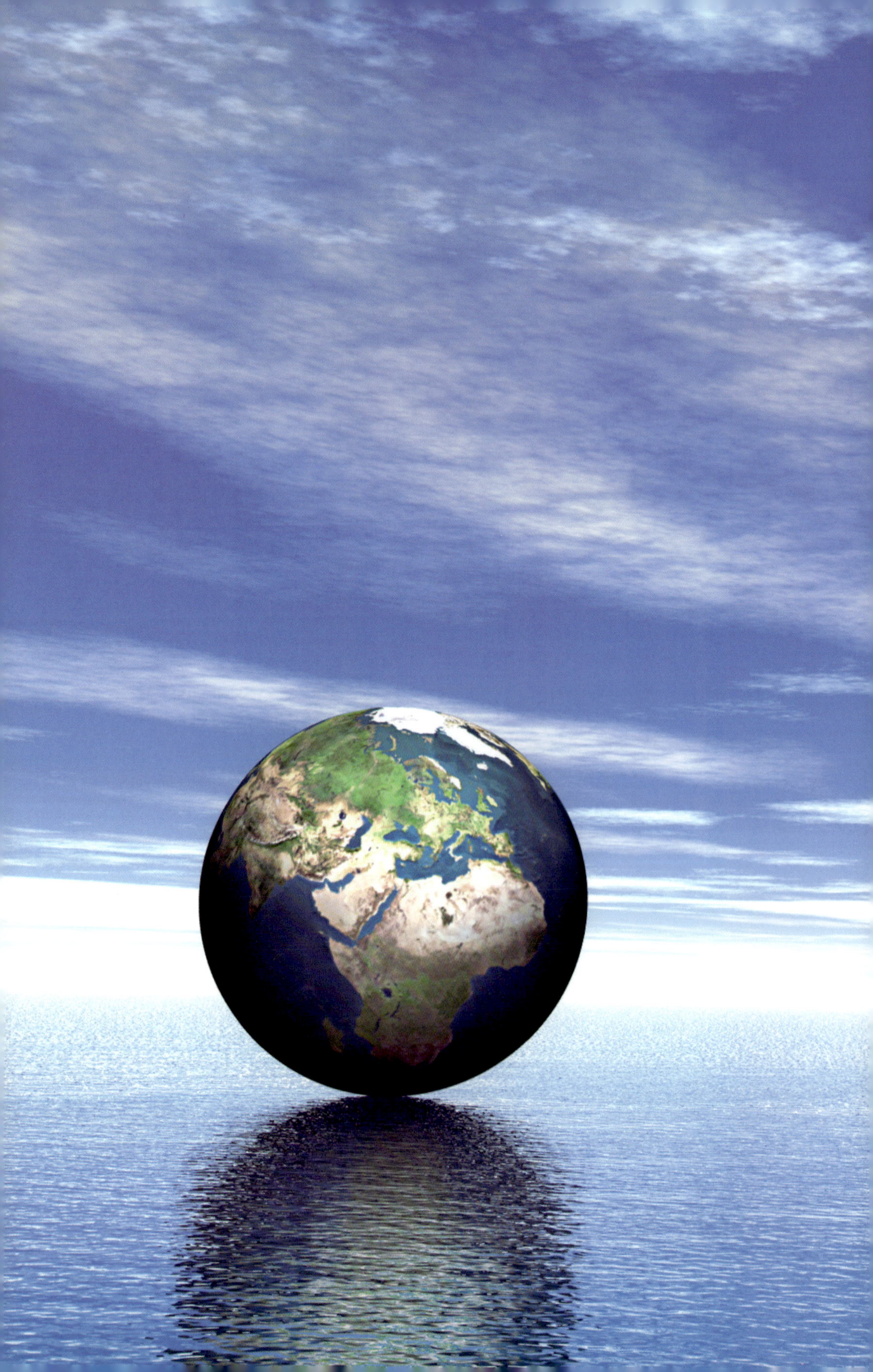

50 dicas para cuidar do planeta

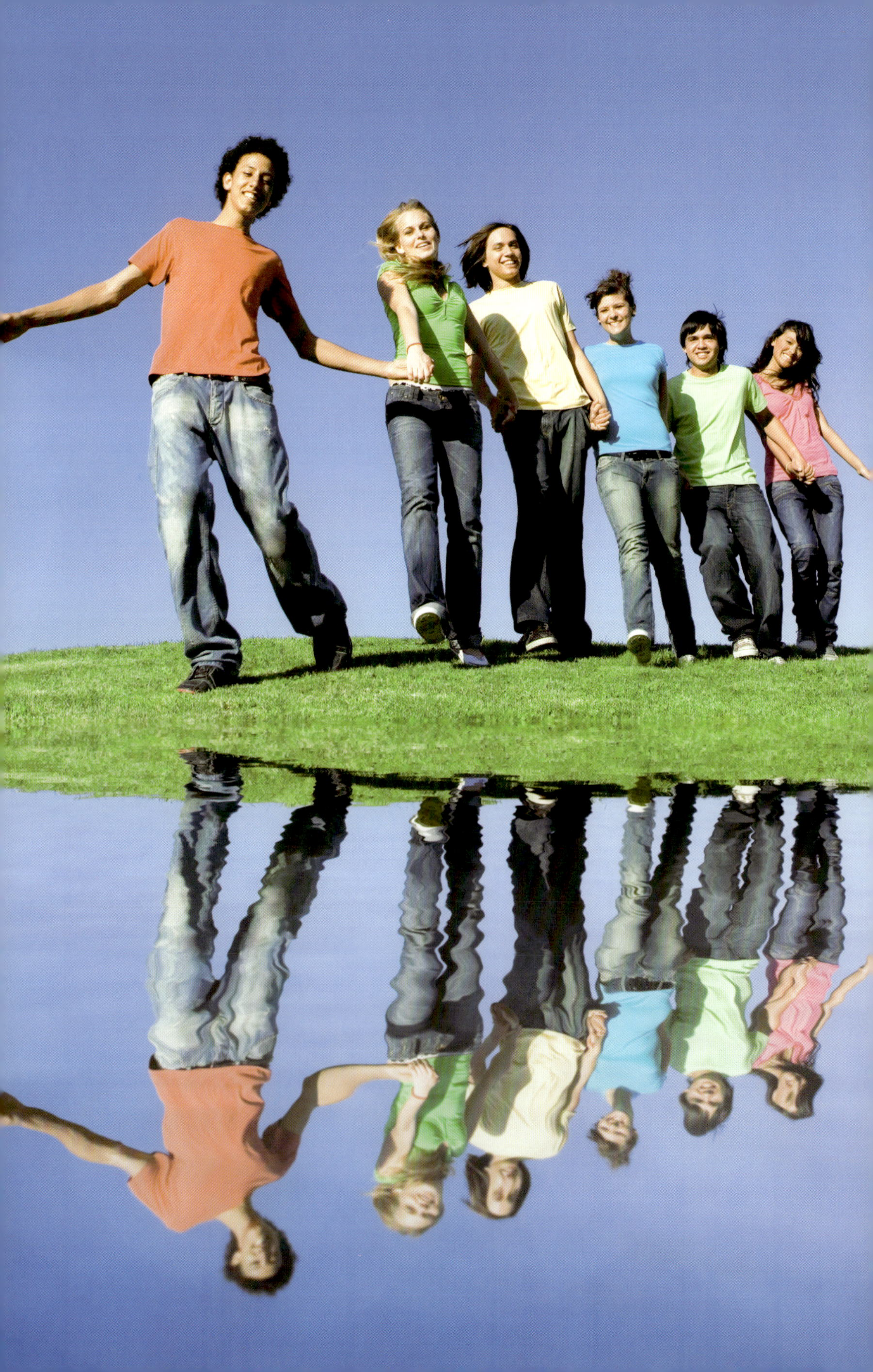

Como você já deve ter percebido, os problemas ambientais que o planeta enfrenta não são poucos nem pequenos. Mas justamente por serem reais e dizerem respeito a todos nós é que precisamos agir, sem medo, sem deixar para depois. A Terra é a nossa casa, nosso único lar, o que torna fundamental o desenvolvimento de hábitos para cuidar do planeta.

No começo, pode parecer complicado: o que nós, cidadãos do mundo, podemos fazer, de mãos vazias, para encarar problemas tão grandes e tão sérios?

Um bom começo é dar as mãos à pessoa ao seu lado, sugerir a ela que faça o mesmo e passe a ideia adiante, para que juntos discutam a questão. A conscientização é tão importante quanto abrir a janela em um dia abafado para deixar entrar um pouco de ar. Assim como a sensação de conforto trazida pelo ar fresco vai deixar o ambiente mais agradável, saber que as soluções para os problemas do planeta estão ao seu alcance vai deixá-lo mais animado, mais interessado. De nada adianta ficarmos sentados esperando que alguém faça alguma coisa. Cabe a nós dar o primeiro passo, decidir participar. E mais: é importante notar que, para que a nossa participação gere resultados, devemos escolher ações que aconteçam por perto, como em nossa cidade, nosso bairro, nossa escola, nossa rua e, principalmente, em nossa casa.

É justamente sobre essas ações que vamos falar neste livro.

Com ele, esperamos gerar interesses, conscientizar, criar hábitos, incentivar atitudes e mudanças de comportamento que nos levarão, pouco a pouco, aos resultados de que o mundo está precisando e que, com certeza, farão diferença na vida e no futuro de todos.

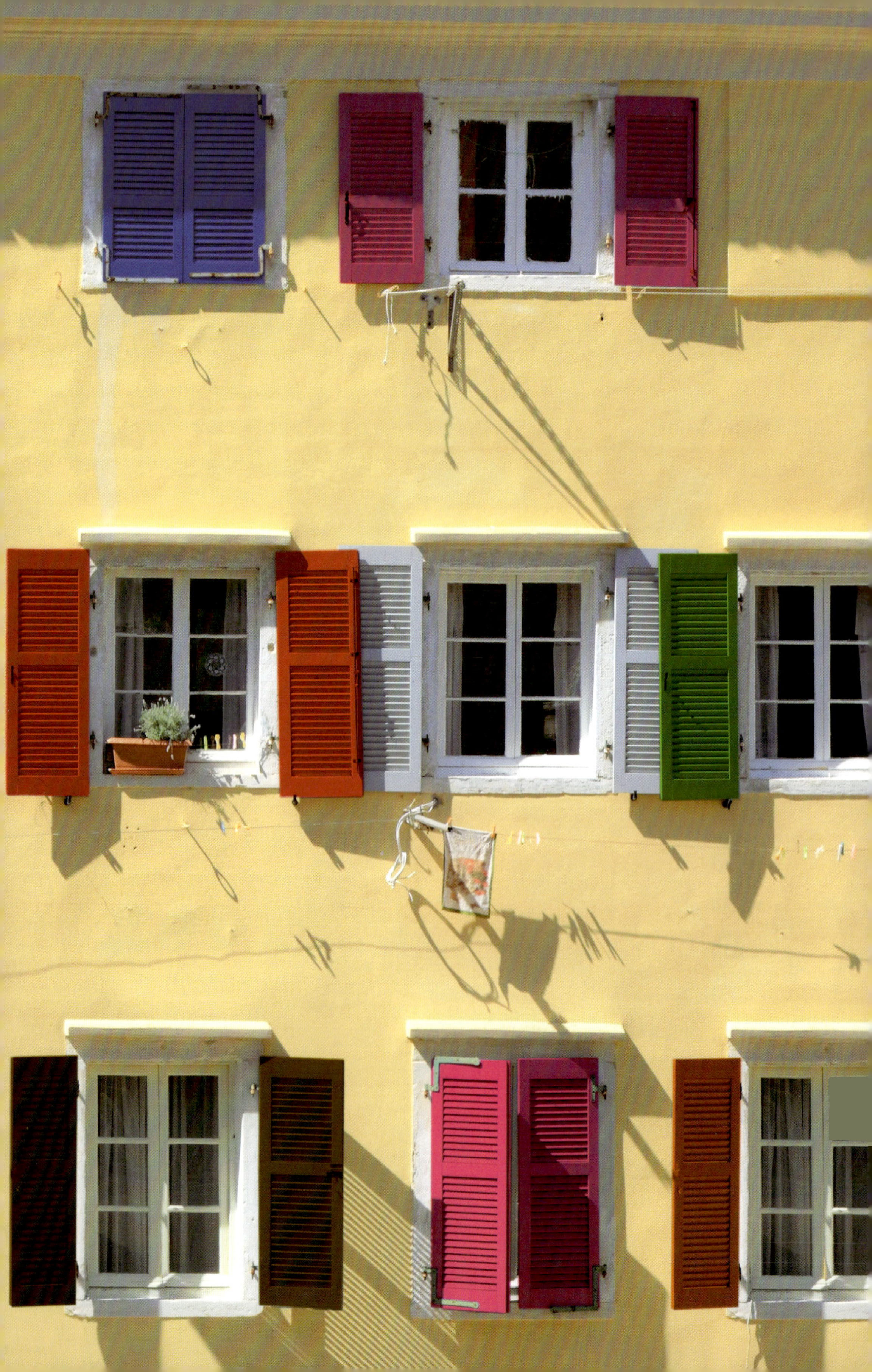

1. Deixe o sol entrar

Você já parou para pensar que não é necessário acender a luz do quarto quando acorda? Pois é, basta abrir a janela e aproveitar a luz do Sol. Então, usando o mesmo princípio, que tal abrir as persianas e as cortinas da casa toda e deixar o sol entrar? Essa atitude mantém os ambientes não só iluminados, mas também arejados, o que é muito bom para a saúde e faz grande diferença no que diz respeito à economia de energia elétrica.

UM POUCO MAIS DE PAPO

Você sabia que a energia luminosa do Sol também pode ser usada para outras finalidades, como o aquecimento da água que utilizamos em casa e até a geração da energia que gastamos? Isso mesmo, o uso da energia solar já é uma realidade!

PARA SABER MAIS SOBRE ENERGIA SOLAR, ACESSE:
http://reciclick.com.br/guia/energias/energia-solar.

2. Não fique segurando a porta da geladeira

Não abra a porta da geladeira para em seguida ficar pensando no que vai comer ou beber. Está certo que nos dias quentes de verão esse hábito pode ser até agradável, mas, infelizmente, a porta aberta da geladeira permite a entrada de ar quente, altera a temperatura interna do aparelho e aumenta o gasto de energia.

Entretanto, todo mundo sabe que, quando bate aquela vontade de comer ou beber "não sei o quê", só mesmo examinando o conteúdo da geladeira para identificar o que realmente queremos. Nesses casos, mesmo podendo justificar sua atitude, procure saber o que vai pegar antes de abrir a porta do refrigerador. Não é tão difícil assim, e faz muita diferença!

AH! OUTRA COISA: não guarde alimentos quentes na geladeira, pois será necessária mais energia para resfriá-los.

Converse com seus pais

Muitas vezes, é difícil encontrar na geladeira o que estamos procurando, então, uma boa ideia é criar uma lógica para guardar os produtos que ajude todos da casa a achá-los. No entanto, quando forem dar "aquela ordem", nada de cobrir as prateleiras com plástico ou toalha, pois isso atrapalha a circulação interna de ar.

OUTRAS DICAS INTERESSANTES QUE TAMBÉM ECONOMIZAM ENERGIA SÃO: checar periodicamente a borracha da porta, pois ela impede a entrada de ar quente na geladeira, e manter sempre o termostato regulado.

PARA SABER MAIS SOBRE COMO ORGANIZAR SUA GELADEIRA, ACESSE:
http://reciclick.com.br/guia/como-organizar-a-geladeira.

3. Tire o carregador da tomada

Você já notou que o carregador do seu celular ou do seu computador fica quente mesmo quando não está sendo utilizado? Pois é, quando você deixa o carregador ligado na tomada, ele continua a usar energia...

O desperdício de energia elétrica acontece com frequência, e muitas vezes não nos damos conta de como seria fácil economizar. Quer ver?

O uso de régua de tomadas com fusível e botão liga-desliga evita que deixemos aparelhos eletroeletrônicos ligados. Claro que devemos lembrar de desligá-la sempre que os aparelhos não estiverem sendo usados. Com isso, além de prevenir curtos-circuitos, impedimos que eles fiquem na tão comum função stand-by, que desperdiça energia sem que ninguém perceba.

UM POUCO MAIS DE PAPO

Você sabia que já existem carregadores mantidos por energia solar para aparelhos eletrônicos? Por enquanto, eles são um pouco mais caros, mas garantem energia limpa e gratuita para celulares, câmeras digitais e outros aparelhos de pequeno porte.

Converse com seus pais

Quando vocês forem decidir sobre a compra de novos aparelhos eletrônicos ou eletrodomésticos, como TVs e computadores, comprem os mais econômicos no gasto de energia. Para isso, procurem pelos selos do Procel (nas marcas nacionais) ou Energy Star (nas marcas importadas).

PARA CONHECER MAIS DICAS DE COMO ECONOMIZAR ENERGIA ELÉTRICA, ACESSE:
http://reciclick.com.br/guia/energia-eletrica.

4. Use um abajur para leitura

Muitas vezes, acendemos as luzes do teto sem necessidade, e, sem percebermos, deixamos que elas permaneçam acesas, mesmo que o ambiente não fique tão confortável quanto poderia quando, por exemplo, vemos TV ou utilizamos o computador. Esses aparelhos já emitem bastante luz e, para iluminar o ambiente, a luz vinda de um abajur é mais do que suficiente. Também é muito gostoso utilizar o abajur para estudar ou simplesmente ler, pois ele cria um clima bastante agradável, gastando menos energia. Afinal, utiliza lâmpadas menos potentes.

AH! MUITO IMPORTANTE: lembre sempre de uma frase que seus pais falam a toda hora: apague a luz do ambiente que não está sendo utilizado!

Converse com seus pais

Tudo bem, sabemos que a escolha das lâmpadas da sua casa não depende de você, mas os benefícios desta dica valem tanto a pena que decidimos compartilhá-la. Você sabia que existem diversos tipos de lâmpada? Pois é, e elas diferem não só quanto à intensidade de luz que emitem (mais forte ou mais fraca), como também quanto ao tipo de luz, à economia e à durabilidade.

Por esse motivo, é importante pensar um pouco mais antes de comprar qualquer lâmpada e decidir por aquela que melhor vai atender às suas necessidades. Um exemplo é a utilização de lâmpadas de menor consumo, como as fluorescentes. Elas podem até custar um pouco mais caro, mas esse gasto é amplamente recompensado, pois duram dez vezes mais, são mais eficientes e economizam até um terço de energia elétrica.

E tem mais! Sabia que limpar periodicamente as lâmpadas da sua casa diminui o consumo de energia?

DE QUANTAS LÂMPADAS VOCÊ PRECISA PARA FAZER A DIFERENÇA? PARA SABER A RESPOSTA ACESSE:
http://reciclick.com.br/guia/lampadas/

5. Evite uma pilha de pilhas

Utilizadas em brinquedos, controles remotos, câmeras digitais, lanternas etc., as pilhas e as baterias, muito presentes no nosso dia a dia, além de caras, podem representar um sério risco ao meio ambiente. Nossa dica: experimente utilizar pilhas e baterias recarregáveis. É surpreendente! Dessa maneira, você usará dezenas de vezes uma única pilha ou bateria que seria utilizada apenas uma vez.

MAS ATENÇÃO: retire as pilhas dos aparelhos que não estão sendo usados. Isso evita vazamentos que os danificam, prejudicam a sua saúde e poluem o meio ambiente. As pilhas e as baterias, comuns ou recarregáveis, podem conter metais pesados tóxicos e perigosos! Por esse motivo, é muito importante observar na embalagem qual o melhor destino que se deve dar a elas. No Brasil, apenas as pilhas alcalinas podem ser jogadas no lixo comum; todas as outras devem ser encaminhadas para a reciclagem ou para aterros especiais.

CASO VOCÊ QUEIRA CONHECER MAIS SOBRE PILHAS E BATERIAS, ACESSE O LINK ABAIXO. VOCÊ VAI ADORAR O VÍDEO QUE SELECIONAMOS PARA LHE EXPLICAR TUDO SOBRE ESTA FANTÁSTICA DESCOBERTA QUE TRANSFORMA ENERGIA QUÍMICA EM ENERGIA ELÉTRICA.

http://reciclick.com.br/guia/pilhas/

6. Configure o seu computador para gastar menos energia

Você sabia que não basta configurar o tempo de acionamento do descanso de tela para que haja redução significativa do consumo de energia de seu computador?

Pois é, para gastar menos energia é necessário ajustar sua máquina a fim de que a luminosidade não seja excessiva (o que inclusive faz mal aos olhos) e para que ela desligue automaticamente após alguns minutos sem uso.

CASO VOCÊ QUEIRA OBTER INTERESSANTES DESCANSOS DE TELA COM IMAGENS SENSACIONAIS QUE MOSTRAM COMO VALE A PENA CUIDAR DE NOSSO PLANETA, ACESSE:
http://reciclick.com.br/guia/descansos-de-tela/

7. Prefira os notebooks e os tablets

Pensando em computadores, o ideal é usarmos os notebooks. Esses modelos gastam menos energia do que os desktops, ou seja, os computadores de mesa.

Os monitores dos computadores de mesa de LCD consomem menos energia do que aqueles modelos mais antigos, tradicionais. Além disso, ocupam menos espaço e o seu preço vem baixando gradativamente no mercado.

PARA ASSISTIR A UMA INTERESSANTE ANIMAÇÃO SOBRE A HISTÓRIA DOS ELETRÔNICOS, OS PROBLEMAS QUE ELES CAUSAM AO MEIO AMBIENTE E AS SOLUÇÕES EXISTENTES, ACESSE:
http://reciclick.com.br/guia/historia-dos-eletronicos/

8. CDs e DVDs, somente em último caso!

Experimente abrir a gaveta da sua escrivaninha ou mesmo fazer uma blitz no rack da TV ou na estante da sala: sem dúvida, você vai encontrar um monte de CDs e DVDs com fotos do seu aniversário de oito anos, com filminhos do Natal do ano retrasado, com desenhos animados da Disney e até com a seleção das músicas "da hora" de quando você estava no terceiro ano!

Esses discos plásticos não reutilizáveis fazem parte da nossa vida, e o acesso a eles se tornou tão fácil que frequentemente são usados para gravar trabalhos de escola, apresentações, fotos para impressão etc.

Nesses casos, muito mais coerente seria a utilização de um pen drive, pequeno aparelho muito parecido com um chaveiro que, além de ser dotado de uma enorme capacidade de armazenamento, permite que os arquivos nele gravados sejam apagados.

Os pen drives podem ser facilmente encontrados em papelarias. Uma excelente dica é ter sempre um na bolsa ou na mochila, pois eles servem para guardar arquivos, músicas, vídeos e outros tipos de informação.

OUTRA DICA:
verifique se o seu player (e até mesmo seu telefone) tem um hard drive, pois uma vez configurado, permite que você o utilize como um drive externo para ler e até mesmo gravar arquivos.

MUITOS OBJETOS INTERESSANTES PODEM SER FEITOS USANDO CDs E DVDs USADOS. QUER SABER MAIS? ACESSE:
http://reciclick.com.br/guia/cds-usados/

9. Verifique a potência de seu chuveiro

Em dias quentes e abafados, nada como um banho fresco para nos dar uma deliciosa sensação de bem-estar... E naqueles dias frios, poucas coisas caem tão bem quanto um banho quente e gostoso.

Realmente, banho é muito bom, e, sabendo disso, já apresentaremos algumas dicas para que você aproveite uma boa ducha sem desperdiçar água. Nesta dica, vamos falar sobre a energia elétrica utilizada para aquecê-la.

Não sei se você sabe, mas o chuveiro elétrico, utilizado na maioria dos lares em nosso país, possui algumas características básicas, e observá-las é muito útil quando se fala de economia de energia.

Por exemplo, se você mora em regiões frias, como o Sul do Brasil, é importante que seu chuveiro tenha muita potência. Entretanto, se você mora em regiões onde faz calor o ano inteiro, o ideal é um chuveiro com menor potência. A potência pode ser verificada na etiqueta do Instituto Nacional de Metrologia, Qualidade e Tecnologia (Inmetro).

Além disso, a regulagem da temperatura também é fundamental tanto para o conforto do seu banho quanto para a economia de energia.

Importante: não use o calor da água do chuveiro para aquecer o banheiro (acho que nem precisamos explicar o porquê!).

CURIOSIDADE:
Você sabia que o chuveiro elétrico é uma invenção brasileira?

Converse com seus pais

Chuveiros com aquecedores solares e chuveiros híbridos (uma combinação de chuveiro elétrico e aquecimento solar) já são uma realidade. Com custo cada vez mais acessível, podem ser uma ótima opção para economizar energia elétrica.

PARA SABER MAIS SOBRE ESTA E MUITAS OUTRAS CURIOSIDADES, ACESSE:
http://reciclick.com.br/guia/curiosidades/

10. Evite o uso excessivo de secadores de cabelo

Não há como negar: cabelos bem tratados fazem toda a diferença, o que vale tanto para meninas quanto para meninos. E quando se trata de deixar a cabeleira no melhor estilo fashion, o uso do secador e da chapinha parece fundamental... Parece, mas não é!

Para obter cabelos saudáveis e bonitos, o melhor é manter uma boa alimentação, protegê-los do sol, não tomar banho muito quente e, acredite se quiser, evitar o uso demasiado dos secadores e das chapinhas.

Agora, você deve estar se perguntando o que essa dica tem a ver com cuidar do planeta, não é? Então vamos lá, pois é muito simples: os secadores de cabelo e as chapinhas, ou pranchas, como são conhecidas, são aparelhos que consomem muita energia e, infelizmente, têm sido usados de maneira contínua... Afinal, muita gente quer ter o cabelo liso, escorrido!

REFLITA UM POUCO...

Fica então nossa sugestão: pense sobre como a moda e as tendências podem, muitas vezes, deixar todo mundo igual, com "a mesma cara", e como as diferenças podem ser extremamente interessantes. Quanto ao cabelo liso, será que é realmente preciso?

PARA SABER QUAIS OS APARELHOS ELÉTRICOS QUE CONSOMEM MAIS ENERGIA, ACESSE:
http://reciclick.com.br/guia/os-que-mais-consomem/

11. Aproveite as correntes de ar

Uma dica simples e interessante para os dias de verão é deixar abertas portas e janelas, permitindo a circulação do ar, ventilando o ambiente e coibindo o uso de ventiladores e aparelhos de ar-condicionado.

Para aqueles dias nos quais até as correntes de ar são quentes e desagradáveis, sugerimos o uso de ventiladores, que gastam menos energia que os aparelhos de ar condicionado. Entretanto, caso seja realmente necessário usar o ar-condicionado, faça-o de forma racional, lembrando de fechar bem as portas e as janelas.

Converse com seus pais

O uso de aparelhos de ar condicionado está se tornando cada vez mais comum, e em certos ambientes onde eles estão instalados, muitas vezes a janela raramente é aberta. Portanto, atenção: tanto para o bom funcionamento do aparelho quanto para a manutenção da saúde de seus usuários, é muito importante que seus filtros sejam verificados e limpos periodicamente.

CASO VOCÊ QUEIRA APRENDER A FAZER UM SINO DE VENTO, MUITO BONITO E COLORIDO, IDEAL PARA TRANSFORMAR AS CORRENTES DE AR EM MÚSICA SUAVE, ACESSE:
http://reciclick.com.br/guia/sino-de-vento/

12. Expulse a preguiça

Você sabe o que é sedentarismo?

Sedentarismo é a falta ou ausência de atividades físicas e está intimamente ligado a hábitos cotidianos ligados ao conforto da vida moderna. O assunto é tão sério que o sedentarismo foi considerado como "o mal do século XX".

E, como por "conforto da vida moderna" entendemos a utilização de automóveis, elevadores, aparelhos elétricos etc., que tal expulsar a preguiça e sacudir o esqueleto? Assim, você cuida da saúde e aproveita para economizar a energia que esses itens iriam utilizar. O que você acha?

Então vamos lá: sempre que possível, evite o uso do elevador e use escadas tradicionais (claro que se forem escadas rolantes, não vale!). Para pequenas distâncias, opte por caminhar ou pedalar uma bicicleta, em vez de usar a moto, o carro ou até mesmo o ônibus (desde que as condições sejam seguras).

PARA CONHECER UM POUCO MAIS SOBRE MOBILIDADE URBANA E SEGURANÇA DO CICLISTA, ACESSE:
http://reciclick.com.br/guia/seguranca-do-ciclista/

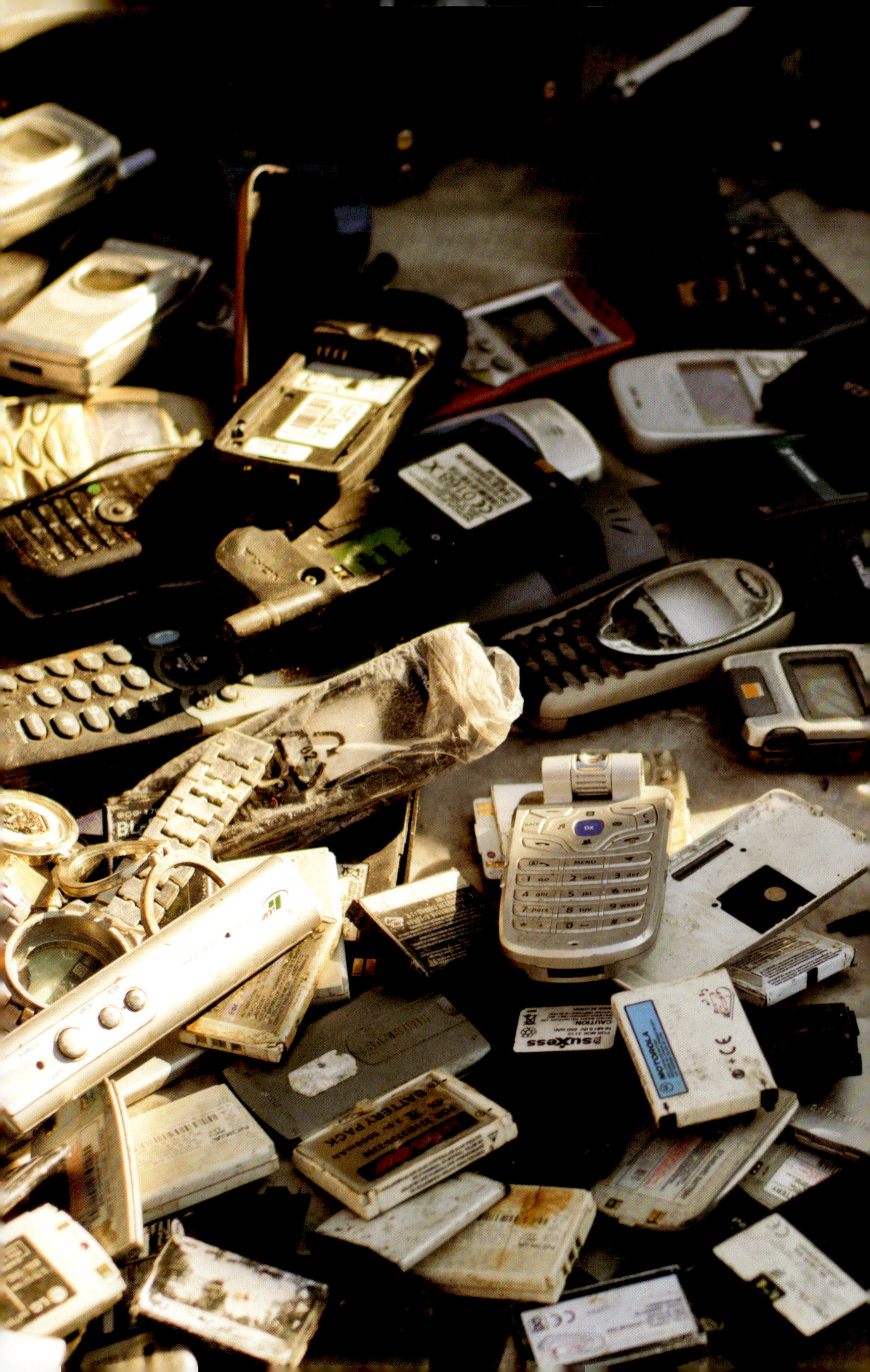

13. Recicle seu celular

Carregar no bolso, na mochila ou na bolsa um aparelhinho que nos conecta ao mundo pode parecer bastante comum para os jovens de hoje, mas era pura ficção científica há 30 anos e um luxo considerável há menos de uma década. Em outras palavras, o celular, amigo inseparável de qualquer jovem do século XXI, não estava nem nos sonhos de um rapaz ou uma moça dos anos 1980, e era considerado artigo de luxo por ser muito caro até bem pouco tempo atrás...

No entanto, o rápido desenvolvimento de novas tecnologias ligadas às telecomunicações permitiu não só que os celulares se tornassem mais eficientes, como mais baratos, interessantes e acessíveis. Para se ter uma ideia, há no Brasil mais celulares em uso do que habitantes, e são tantos os modelos que são lançados no mercado quase que diariamente que nos fazem acreditar que esse número só vai aumentar. Triste, mas realidade, é a curta vida útil do celular: o aparelho rapidamente se transforma em sucata, e é quase impossível resistir aos modelos novos, o que torna fácil imaginar a quantidade de celulares "encostados" que existe por aí.

Por ser um aparelho realmente muito útil, ficamos com pena de descartar o celular usado, e não há quem não tenha um desses na gaveta, esperando para ser novamente colocado em uso.

Guardar um celular usado pela família para o caso de uma eventualidade até é uma boa ideia, mas fazer coleção de telefones antiquados por pena ou apego não está com nada! Devemos, sim, enviar tanto os celulares quanto suas baterias para a reciclagem, pois eles contêm não só metais preciosos e raros, que não devem ser jogados fora, como também elementos tóxicos que podem representar uma considerável ameaça ao meio ambiente.

Por ser bastante complexa, a reciclagem desse material deve ser realizada por empresas especializadas, e a melhor forma de fazer que isso aconteça é entregar o celular antigo na loja onde você o adquiriu, pois eles são obrigados a receber os aparelhos velhos. Caso isso não seja possível, procure um ponto de coleta.

REFLITA UM POUCO...

É mesmo bastante difícil resistir aos encantos dos novos modelos de celular, mas será que nós precisamos trocar tanto de telefone? Será que não vale a pena manter o nosso celular em uso por um pouco mais de tempo e assim ajudar a evitar essa quantidade gigantesca de sucata eletrônica que é, sem dúvida alguma, um sério problema para o planeta?

QUER CONHECER UMA DIVERTIDA HISTÓRIA SOBRE RECICLAGEM DE CELULARES? ACESSE:
http://reciclick.com.br/guia/celulares/

14. Nos eletrônicos, busque qualidade e procure reutilizá-los

Não, lixo eletrônico não é o nome dado aos e-mails do tipo spam que diariamente abarrotam a caixa postal de usuários da internet. Lixo eletrônico ou sucata eletrônica é o nome dado aos resíduos resultantes da fragilidade e da rápida obsolescência a que os aparelhos eletrônicos estão sujeitos, e aqui incluímos computadores (CPUs, monitores e laptops), TVs, impressoras, fornos de micro-ondas, aparelhos de telefone (inclusive celulares), aparelhos de som, de MP3, consoles de videogames, aparelhos de DVD, modens, câmaras digitais, filmadoras, geladeiras, máquinas de lavar roupa, secadoras etc.

O problema é realmente sério: anualmente, geramos cerca de 50 milhões de toneladas de lixo eletrônico de cuja composição fazem parte metais pesados tóxicos e prejudiciais à saúde do ser humano e ao meio ambiente. Isso acontece porque novas tecnologias se desenvolvem muito rapidamente e fazem com que os aparelhos eletrônicos se tornem cada vez mais interessantes, completos, atraentes e descartáveis.

Infelizmente, nos dias de hoje, os eletrônicos são fabricados para durar pouco, quebram facilmente e o custo do conserto é muitas vezes superior ao custo de aquisição de um modelo mais moderno. Como resultado, acabamos por descartar o aparelho antigo, contribuindo assim com uma montanha de lixo eletrônico que não para de crescer.

Mas o que fazer?

Para os casos em que os aparelhos ficaram velhos, obsoletos, mas ainda funcionam bem, procure doá-los para Organizações Não Governamentais (ONGs) ou instituições de caridade. Muitas vezes, um eletrônico que não tem mais serventia para você pode ser utilizado por pessoas menos exigentes e que não têm condições de adquirir um modelo novo.

Quando os aparelhos são relativamente novos e não funcionam mais, nossa dica é a seguinte: ligue para o Serviço de Atendimento ao Consumidor (SAC), solicite os serviços de garantia e assistência técnica e torne públicos os casos em que os problemas não forem resolvidos. Devemos exigir aparelhos que durem mais, que não quebrem com tanta facilidade e que permitam reparos. Somos consumidores e temos o direito de adquirir produtos de qualidade.

Agora, nos casos para os quais não há solução, quando o descarte do aparelho eletrônico é inevitável, faça-o de maneira responsável e correta: recicle. Do mesmo modo que os celulares, os aparelhos eletrônicos possuem em sua composição alguns metais preciosos (em quantidades mínimas), que não devem ser descartados, e metais pesados e poluentes, que não podem ser jogados no lixo comum.

Atitudes como essas farão muito bem para o planeta e também para o seu bolso!

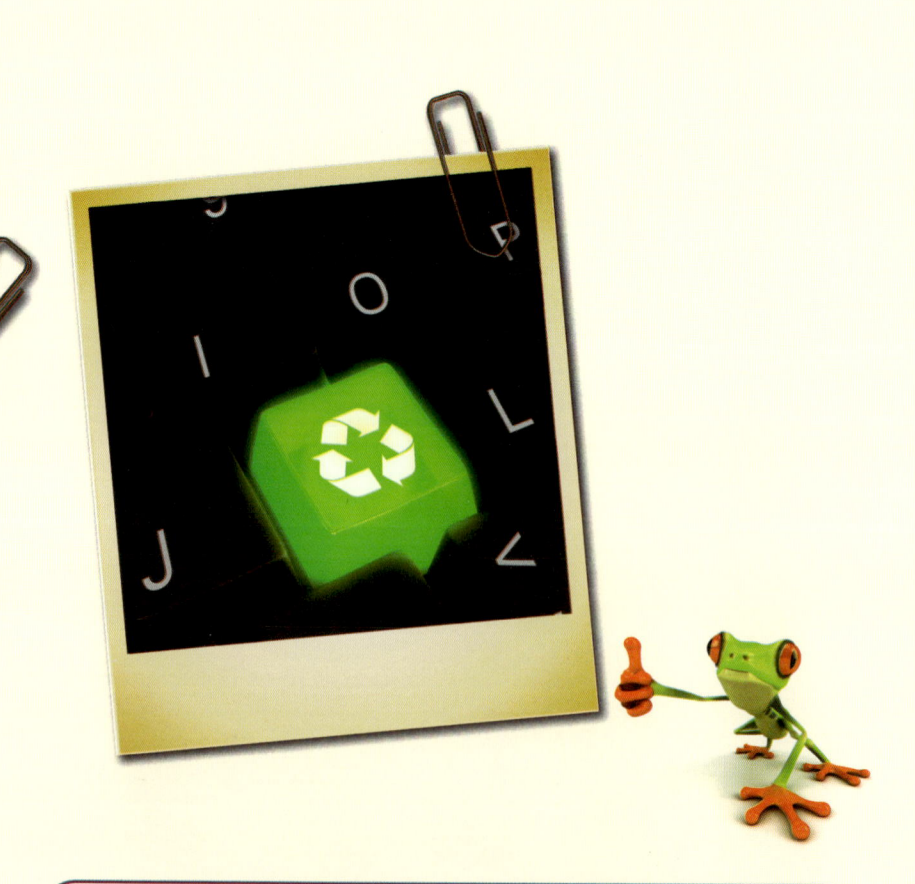

PARA MAIS INFORMAÇÕES A RESPEITO DA RECICLAGEM DE ELETRÔNICOS, ACESSE:
http://reciclick.com.br/guia/eletronicos/

15. Evite o desperdício de papel

O papel, da maneira como nós o conhecemos, foi inventado há cerca de 2 mil anos pelos chineses. Naquela época, para fazer o papel, era necessário colocar em um recipiente com água cascas de amoreira, pedaços de bambu, rami, redes de pescar e roupas usadas. Depois, acrescentava-se cal, e todos esses materiais viravam uma pasta. Essa pasta era colocada em uma tela revestida com seda bem fina, para que o excesso de água escorresse. Tudo isso para obter uma folha de papel. (Fonte: www.starcards.com.br/historiadopapel.html. Acesso em: 8 out. 2013.)

Entretanto, foi somente com a invenção da imprensa, quase 1.500 anos mais tarde, que o papel realmente se tornou um produto importante. O uso do papel começou a ser mais comum, e as técnicas de fabricação evoluíram até que, por volta de 1850, fibras de celulose (obtidas da madeira das árvores) passaram a ser utilizadas como matéria-prima, método de produção usado até os dias de hoje.

Muito interessante a história do papel, não? E a ideia de apresentá-la para você é mostrar que o papel é 100% reciclável, produzido com recursos 100% renováveis e biodegradáveis, ou seja, pode ser transformado novamente em papel. Sua matéria-prima não é finita na natureza e, se exposto aos fatores climáticos, o papel pode ser decomposto em um pequeno espaço de tempo.

Entretanto, mesmo conhecendo todas essas informações, precisamos prestar muita atenção ao desperdício de papel, infelizmente um assunto recorrente na vida de cada um de nós. Afinal, usamos tanto papel em nosso dia a dia que acabamos não nos dando conta do quanto o desperdiçamos.

ALGUMAS DICAS IMPORTANTES
- Cuide bem de seus cadernos e procure utilizar todas as folhas. No final do ano letivo, caso você não queira usá-los no ano seguinte, retire cuidadosamente as páginas

usadas e doe o caderno para uma instituição ou programa de reaproveitamento de material escolar.

• Imprima somente o necessário! Pensar na possibilidade de ler o material na tela do computador é sempre uma boa saída para evitar o desperdício.

• Use os dois lados do papel quando utilizar folhas para desenhos, rascunhos e anotações.

UM POUCO MAIS DE PAPO

Já que tocamos no assunto "impressoras", vale lembrar que os cartuchos de tinta podem ser recarregados e que já existem até programas oficiais de reciclagem desse tipo de material, organizados pelas próprias empresas fabricantes. Informe-se nas lojas especializadas ou na internet.
Vale a pena participar!

PARA SABER MAIS SOBRE A INTERESSANTE HISTÓRIA DO PAPEL, ACESSE O LINK ABAIXO E ASSISTA A DIVERTIDOS VÍDEOS SOBRE A PRODUÇÃO DE PAPEL AO LONGO DA HISTÓRIA...
http://reciclick.com.br/guia/historia-do-papel/

16. Não pegue folhetos nas ruas

Com certeza, você já deparou com entregadores de panfletos nas ruas, principalmente durante os finais de semana. Distribuindo material sobre liquidações em lojas na região e principalmente a respeito de lançamentos imobiliários, eles estão por toda parte. Quando o semáforo fecha, eles se aproximam dos carros, muitos com cara de cansaço e desânimo, o que nos causa pena, por isso acabamos pegando o material que estão distribuindo.

NOSSAS DICAS:
não estimule esse tipo de propaganda,
não pegue o material distribuído!

Você não deve saber, mas, além de consumir grande quantidade de papel, esse tipo de ação requer que sejam contratadas muitas pessoas para a distribuição do material publicitário. No entanto, esses entregadores não têm um emprego formal, não são registrados e, consequentemente, não têm assegurados seus direitos como trabalhadores. Além disso, ficam o dia inteiro trabalhando de pé, ao relento, no sol ou na chuva, geralmente em condições inadequadas e às vezes vestidos com fantasias incômodas.

É claro que não somos nós que estamos contratando esses trabalhadores de maneira errada, pagando-os desse modo incorreto, mas cada vez que aceitamos os panfletos, estamos estimulando esse tipo de trabalho. O pior de tudo é que no fundo nós não queremos receber a tal propaganda, pois ela quase nunca nos interessa. Geralmente, esse material fica cinco minutos em nosso poder e, em seguida, é jogado fora ou vira aviãozinho, indo parar, muitas vezes, no chão ou no bueiro!

Não fique constrangido. Diga não aos panfletos! Atualmente, existem várias maneiras mais inteligentes de fazer com que o consumidor fique sabendo de uma promoção ou de um lançamento.

Entretanto, caso você pegue o material nas ruas, tenha certeza de reutilizá-lo ou enviá-lo para a reciclagem.

ACESSANDO O ENDEREÇO ABAIXO, VOCÊ ENCONTRARÁ UMA RECEITA CASEIRA PARA FAZER PAPEL MACHÊ, UMA MASSA DE PAPEL PICADO EMBEBIDO EM ÁGUA E MISTURADO COM COLA, QUE PODE DAR ORIGEM A UMA SÉRIE DE OBJETOS INTERESSANTES...
http://reciclick.com.br/guia/papel-marche/

17. Troque ou doe livros didáticos

Trocar ou doar livros didáticos usados é sempre uma boa opção para quem quer ter atitudes responsáveis.

A opção mais interessante economicamente é a troca. Verifique se na sua escola há programa de permuta de livros em que os alunos doam, ao final do ano letivo, todo o material em boas condições de uso. Em troca, eles ganham "créditos" que podem ser usados para receber exemplares da série que vai cursar no ano seguinte, os quais também foram entregues por alunos. Esse programa é o melhor exemplo que existe e dá início a um belo círculo virtuoso de trocas. Entretanto, muitas vezes a escola decide pela substituição do livro de uma ou outra matéria. Nesses casos, os próprios organizadores do programa se responsabilizam pela destinação do material entregue.

Caso a sua escola não tenha um programa como esse, e também não vislumbre a oportunidade de montar um, doe o material para instituições e bibliotecas. Como você sabe, são inúmeros os cursos de reforço, ensino de línguas e até mesmo alfabetização oferecidos por instituições beneficentes para a população em geral.

Mas fique atento: uma atitude que não vale a pena é deixar esse material, que ocupa um belo espaço na prateleira de todo mundo, ficar acumulando pó sem ser usado por ninguém. Tudo bem se você tem um irmão ou primo mais novo que vai usar o material... Caso contrário, faça com que o conhecimento contido neste material circule. De nada serve um livro fechado e que não é lido, não é?

PARA EFETIVAMENTE DESCRUZAR OS BRAÇOS E FAZER ACONTECER, QUE TAL ORGANIZAR UMA FEIRA DE TROCAS DE LIVROS DIDÁTICOS NA SUA ESCOLA? ACESSE O LINK ABAIXO E VEJA COMO FAZER:
http://reciclick.com.br/guia/feira-de-trocas/

18. Conheça os livros vivos

Da mesma forma que os livros didáticos não devem ficar fechados, para que o conhecimento circule, não devem permanecer em nossa prateleira exemplares que sabemos que não serão mais lidos por ninguém de nossa família ou do nosso convívio.

Livros infantis, infantojuvenis, romances e outros tantos que já nos levaram por viagens incríveis ao redor do mundo com suas histórias não merecem ficar fechados, esquecidos no canto de uma estante.

Assim, de tempos em tempos, dê uma organizada em todos os livros que você tem e separe aqueles que acha que seriam mais bem aproveitados por outras pessoas. Doe-os.

Doações são bem aceitas por bibliotecas, escolas, creches, hospitais, instituições beneficentes etc., e são inúmeros os programas desenvolvidos com o material recebido. Afinal, o estímulo ao hábito da leitura é fundamental para a educação de qualquer cidadão.

Ah! E o mais importante! Seja você também um usuário das bibliotecas. Com certeza, existe uma em sua escola ou perto de sua residência. Torne-se um membro dela e usufrua de um inacreditável universo de conhecimentos, aventuras, romances, histórias, viagens e muito mais, que você só encontra em uma biblioteca.

UM POUCO MAIS DE PAPO

Da mesma forma que livros não merecem ficar fechados, CDs e DVDs com músicas e bons filmes não merecem ficar esquecidos. Caso você ache que não vai mais usá-los, doe-os para uma biblioteca, um centro de cultura ou uma instituição. A divulgação da cultura é muito importante, e você pode ajudar a torná-la mais acessível.

PARTICIPE DE PROGRAMAS DE INCENTIVO À LEITURA. SAIBA MAIS EM:
http://reciclick.com.br/guia/programas-de-incentivo/

19. Doe seu material escolar usado

Uma das coisas mais gostosas no início do ano é poder escolher os cadernos, separar o material que vamos usar, comprar produtos de papelaria... Aliás, algumas vezes fica difícil resistir a esses produtos! Prova disso é a enorme quantidade de canetas, canetinhas hidrográficas, lápis de cor, réguas, esquadros, transferidores, compassos, borrachas e outros itens que acabamos acumulando ao longo dos anos. No final das contas, ficamos com as gavetas cheias e acabamos deixando que parte de tudo isso se estrague.

NOSSA DICA AQUI É SIMPLES: antes do começo das aulas e, sempre que possível, separe lápis, canetas, borrachas, réguas e outro tipo de material escolar que você sabe que não vai usar e doe, principalmente para escolas públicas, creches e instituições. Você nem imagina quanta coisa bonita e interessante crianças de classes menos favorecidas podem fazer com sua doação, um material muitas vezes caro e de difícil acesso para elas.

UM POUCO MAIS DE PAPO

As dicas que temos lhe oferecido são simples e práticas, mas em se tratando de doações, precisamos que seja adicionado um item muito importante: o cuidado. Antes de doar qualquer coisa, seja um lápis de cor, um livro de histórias ou um brinquedo, certifique-se de que ele esteja em ordem, não esteja danificado, e que poderá ser utilizado. Atitudes simples são apontar os lápis antes de doá-los ou colar com fita adesiva a página solta de um livro infantil. São gestos de carinho que vão fazer muito bem tanto para você como para quem receber as doações.

VOCÊ SABIA QUE TOCOS DE LÁPIS PODEM VIRAR ARTE? ACESSE O LINK ABAIXO E VEJA OS INCRÍVEIS TRABALHOS FEITOS COM PEDACINHOS DE LÁPIS QUE IRIAM PARAR NO LIXO!
http://reciclick.com.br/guia/lapis/

20. Economize água

Já conversamos bastante sobre a água e sua importância. Ela é a base da vida em nosso planeta. Por esse motivo, a Organização das Nações Unidas (ONU) aprovou em 2010 a Resolução n. 64/292, que declara a água limpa e segura, assim como o saneamento básico, um direito humano essencial para que possamos gozar a vida e todos os nossos demais direitos.

Entretanto, quase 1 bilhão de pessoas no mundo não tem acesso à água limpa e segura, ou seja, potável, e mais de 2,5 bilhões não têm saneamento básico, o que acaba por contaminar os já não suficientes recursos hídricos. Aqui no Brasil, apenas um em cada cinco habitantes conta com coleta e tratamento de esgotos, o que compromete significativamente a qualidade da água de nossos rios, represas e mares.

A água que recebemos em casa ao abrir as torneiras é tratada e precisou passar por um processo caro e complicado para se tornar limpa. Somos parte privilegiada da população mundial com acesso fácil a água segura, mas para manter essa condição, é fundamental que economizemos água.

Para tanto, ações simples e descomplicadas podem e devem se tornar hábitos. O que você acha?

Alguns exemplos: fechar a torneira da pia enquanto você escova os dentes ou faz a barba, não deixar o chuveiro aberto sem ninguém usando apenas para "esquentar" a água, não demorar no banho, juntar certa quantidade de roupa antes de lavá-las na máquina, ensaboar a louça com a torneira fechada e depois enxaguá-la toda de uma vez etc.

Ah! Prestar atenção às torneiras que não fecham direito e ficam pingando inutilmente também é uma boa dica. Esse cuidado significa uma economia líquida e certa de água e de dinheiro. Vamos mudar nossa atitude?

Converse com seus pais

Uma dica interessante para economizar água é usar aeradores, umas pecinhas parecidas com pequenas peneiras que, quando instaladas nas torneiras e no chuveiro, introduzem ar, proporcionando sensação de maior vazão e de fluxo mais intenso. Também podemos reduzir a pressão da água por meio de regulagem do registro, contribuindo para baixar o consumo e diminuir o valor da conta no final do mês.

PARA SABER MAIS SOBRE ÁGUA E O FUTURO DESTE PRECIOSO TESOURO DA HUMANIDADE, ACESSE:
http://reciclick.com.br/guia/o-futuro-que-queremos/

21. Deixe a mangueira de lado, use o balde, a vassoura, o regador...

As mangueiras de borracha conduzem a água da torneira para qualquer lugar: a frente da casa, o meio do jardim, e até o fundo do quintal. São artefatos que, por serem fáceis de usar e muito práticos, acabam sendo utilizados como se fossem vassouras ou esfregões para limpar calçadas, pátios, garagens etc.

Pois é, "varrer" a calçada com a mangueira é um hábito muito comum que deve ser combatido com conscientização; afinal, é muito mais fácil, rápido e eficiente usar uma vassoura para isso. Entretanto, quando a sujeira está muito grudada e a necessidade de usar água é real, nada como um balde para resolver o problema.

Outro uso frequente dado à mangueira é o de lavar automóveis. Cuidar do carro e lavá-lo no final de semana é mais um hábito nacional que, se não for feito de maneira consciente, pode desperdiçar centenas de litros de água. Só para dar uma ideia de consumo, são cerca de 550 litros de água desperdiçados a cada meia hora de mangueira aberta. Para lavar o carro, a moto e a bicicleta, o melhor mesmo é, mais uma vez, fazer uso do balde e, com isso, usar apenas 40 litros de água.

E para molhar as plantas do jardim? Que tal usar um regador? Além disso, procure fazer a rega de manhãzinha ou à noite, o que reduz a evaporação e faz com que "sobre" mais água para as plantas.

De qualquer maneira, quando o uso da mangueira for realmente necessário, utilize sempre um esguicho-revólver, um dispositivo que permite controlar fluxo de água.

ASSISTA A UM DIVERTIDO VÍDEO SOBRE O CICLO DA ÁGUA ACESSANDO:
http://reciclick.com.br/guia/ciclo-da-agua/

22. Não acione a descarga à toa

Não sei se você sabe, mas gastamos cerca de 14 litros de água cada vez que acionamos a descarga, daquelas com válvula e tempo de acionamento. Já para as bacias sanitárias com caixa acoplada, são 6 litros por vez, o que também não é pouco. Portanto, atenção: não use o vaso sanitário como lixeira, ou seja, nada de jogar cabelo, pedaço de fio dental, chiclete e outras "sujeirinhas" e depois dar a descarga, totalmente sem necessidade. Você sabe muito bem que lugar de lixo é no lixo e que, além de gastar muita água, você pode entupir o encanamento (o que é horrível, pois todo esse lixo pode voltar para o seu banheiro, misturado com coisa muito pior!).

E tem mais: se a descarga do seu banheiro é de válvula, nada de ficar apertando o botão por mais tempo do que o necessário! Isso prejudica o funcionamento da válvula que, quando está defeituosa, pode gastar até 30 litros de água!

Converse com seus pais

Em caso de construção ou reforma, vale a pena estar atento aos modelos de vaso sanitário modernos, fabricados com vistas ao baixo consumo de água.

OUTRA DICA IMPORTANTE é ficar sempre atento aos vazamentos, pois podemos estar jogando fora enormes quantidades de água. Identificá-los não é tarefa difícil, olha só: fechando as torneiras e interrompendo o consumo é possível observar se os indicadores do hidrômetro continuam girando. Se estiverem, você está desperdiçando dinheiro e água.

UM POUCO MAIS DE PAPO

Você já esteve em uma estação de tratamento de esgoto (ETE)? Essa pergunta pode parecer bizarra, mas o fato é que é interessantíssimo ver, entender e perceber que, quando há investimento em saneamento básico, há solução para muitos dos problemas da humanidade. Visitar uma ETE e verificar pessoalmente como o esgoto imundo e fedorento pode se transformar em água limpa é uma oportunidade única.

CASO VOCÊ QUEIRA SABER COMO FUNCIONA UMA ETE SEM QUE PRECISE FAZER ESSE PASSEIO, DIGAMOS, EXCÊNTRICO, ACESSE:
http://reciclick.com.br/guia/estacao-de-tratamento-de-esgoto/

23. Tenha um bom filtro em casa

O fato de a população consumir cada vez mais água em garrafinhas descartáveis tem sido amplamente discutido no mundo, e não é para menos: além de a água engarrafada custar milhares de vezes mais caro do que a água da torneira, geralmente é menos regulamentada, não possui controle de qualidade significativo e ainda por cima é responsável por um terrível rastro de poluição que começa com a extração do óleo para a produção das garrafas e termina com um gigantesco amontoado de embalagens do qual precisamos nos livrar.

A situação é séria, e mais uma vez achamos importante uma reflexão sobre o assunto: você já pensou como é muito mais prático ter um filtro em casa do que depender da compra de água engarrafada? Isso mesmo, um bom filtro é mais simples e mais barato do que água engarrafada. Basta mantê-lo limpo e higienizado, de acordo com as especificações do fabricante, e pronto: você terá água potável de boa qualidade quase de graça e ainda por cima deixará de sujar o planeta com um mar de garrafinhas plásticas.

Pense nisso e só compre água engarrafada quando for realmente necessário ou quando você estiver em lugares onde o acesso à água tratada esteja comprometido.

VOCÊ QUER CONHECER A HISTÓRIA DAS GARRAFINHAS DESCARTÁVEIS DE ÁGUA? ACESSE O LINK ABAIXO E DESCUBRA COMO TUDO COMEÇOU.
http://reciclick.com.br/guia/historia-garrafinha-da-agua/

24. E no fogão, atenção!

Você sabe, e muito bem, que em condição atmosférica padrão a água ferve a 100 °C e depois disso evapora. Para manter a água líquida acima dessa temperatura, só sob pressão. Então, que tal usar seus conhecimentos na cozinha de sua casa?

Vamos lá: se a água não vai ficar mais quente depois de ferver, a dica é abaixar a chama do fogão logo após a fervura. Essa atitude, se repetida consistentemente, fará com que haja uma boa economia de gás.

Tampar a panela é outra sugestão interessante quando colocamos água para ferver. Isso faz com que o vapor gerado pelo aquecimento seja mantido no interior da panela, aumentando o calor e fazendo com que a água atinja mais rapidamente a temperatura de fervura.

Então, para descartar o óleo usado, o melhor a fazer é separá-lo em potes de vidro ou em garrafas PET, a fim de que seja entregue em pontos de coleta especializados. De lá o material será encaminhado para a transformação em biodiesel ou sabão.

Converse com seus pais

Já que estamos na cozinha, que tal um papo sobre o óleo de cozinha, um dos grandes problemas de poluição dos nossos mananciais? Esse é mais um problema sério gerado pela manutenção de hábitos antigos, como o de jogar o óleo usado no ralo da pia. Estudos comprovaram que apenas 1 litro de óleo pode contaminar até 1 milhão de litros de água. Não é horrível?

A HISTÓRIA DO GÁS NO BRASIL É MUITO INTERESSANTE. PARA LER UM LIVRO SOBRE O ASSUNTO, ACESSE:
http://reciclick.com.br/guia/uma-historia-especial/

25. Não tenha os olhos maiores do que a barriga!

Já que não há como falar de fogão sem falar de comida, que tal um bate-papo sobre desperdício de alimentos?

O Brasil é o segundo maior produtor de alimentos do mundo, perdendo apenas para os Estados Unidos. Sucessivos recordes têm sido batidos, e há grandes possibilidades de que em pouco tempo nos tornemos líderes mundiais.

Entretanto, essa conquista vem acompanhada de uma triste realidade: o desperdício. Diariamente jogamos fora cerca de 40 mil toneladas de alimentos, quantidade suficiente para alimentar 20 milhões de pessoas, com as três refeições diárias, ou seja, café da manhã, almoço e jantar. Um absurdo tão grande que é até difícil imaginar, não é?

Então, para entender melhor o que acontece, é importante saber que a maior parte do que produzimos, cerca de 80%, é perdida na colheita, em transporte e armazenagem, processamento industrial e varejo. Entretanto, 20% dos alimentos são desperdiçados em nossas casas, bem debaixo de nosso nariz! Isso significa que, devido ao processamento culinário e a hábitos alimentares e de consumo, jogamos fora comida suficiente para alimentar 4 milhões de pessoas por dia!

Você não concorda, então, que está mais do que na hora de fazer alguma coisa para que isso mude? Então vamos lá... Sua atitude pode e vai fazer diferença!

Converse com seus pais

Uma dica simples para evitar o desperdício de alimentos é a elaboração cuidadosa da lista de compras. Essa rotina fará com que só se compre o necessário, tomando cuidado com a quantidade dos alimentos frescos, pois estragam rapidamente. Também precisamos prestar atenção aos rótulos para saber a procedência, a composição e a data de validade, evitando assim que sejam comprados produtos que não serão consumidos.

Já em casa, vale realmente repensar certos hábitos familiares, como, por exemplo, a quantidade de alimentos diferentes elaborada em cada refeição. Todos sabemos do orgulho da mãe brasileira ao apresentar uma mesa farta com inúmeros pratos deliciosos... mas será que esse exagero não é um dos grandes fatores de desperdício?

Outro ponto importante é o nosso conhecido costume de comer com os olhos e não com a barriga. Pois é! Também, com tanta coisa bonita e apetitosa na mesa, não há quem resista! Mas resistir é simplesmente fundamental, e precisamos começar agora mesmo a nos acostumar a só colocar no prato aquilo que efetivamente vamos comer.

Finalmente, são inúmeras as dicas de receitas para a utilização de talos, cascas e restos de alimentos! Receitas gostosas e nutritivas que vão ajudar ainda mais a combater o desperdício!

QUER CONHECER ALGUMAS DESSAS DICAS? FAÇA DOWNLOAD DE UM LIVRO DE RECEITAS MUITO ESPECIAL QUE ENSINA COMO UTILIZAR TOTALMENTE OS ALIMENTOS.
http://reciclick.com.br/guia/receitas/

26. Dê preferência às frutas e verduras da estação!

Quase ninguém sabe, mas, normalmente, nossa comida fresca é transportada por aproximadamente 3 mil quilômetros, em média, até chegar em nossas mesas. Graças ao aperfeiçoamento da logística e das técnicas de armazenagem, alimentos de todos os lugares, até mesmo de outros países, são normalmente apresentados nos mercados e supermercados de maneira natural, desviando nossa atenção das frutas da estação, dos produtos de nossa região etc.

Uma boa dica para diminuir gastos com energia, transporte, armazenagem, consumo de combustíveis, emissão de gases poluentes e evitar trânsito é escolher alimentos produzidos em regiões próximas de onde você mora, facilmente encontrados nas feiras livres, tão comuns em nosso país.

Simples assim! Um gesto consciente que, além de tudo, incentivará as atividades econômicas da comunidade em que você vive.

Converse com seus pais sobre isso.

PARA CONHECER AS VERDURAS E FRUTAS DA ESTAÇÃO, CONSULTE UMA TABELA MUITO PRÁTICA E COMPLETA ACESSANDO:
http://reciclick.com.br/guia/sazonalidade/

27. Não vá às compras com fome!

Incrível! Está comprovado que, se vamos às compras com fome, compramos mais do que o necessário. E, como você já percebeu pelas dicas anteriores, o consumo consciente é uma das chaves mestras da sustentabilidade. Então, nada de ir às compras com fome, hein! Assim não fará compras desnecessárias, principalmente de comida! Outra dica interessante para educar nossos hábitos de consumo é fazer um esforço e evitar entrar em lojas pelo menos um dia da semana. Isso ajuda, e muito, a inibir a compulsão por compras (mesmo que sejam simples como uma caixinha de balas ou uma revista) de que o mundo sofre nos dias de hoje.

QUER SABER MAIS SOBRE A IMPORTÂNCIA DE SEU PAPEL COMO CONSUMIDOR? ACESSE:
http://reciclick.com.br/guia/consumo-consciente/

28. Seja um consumidor consciente

Mas o que é ser consumidor consciente?

Ser consumidor consciente é ter no consumo um instrumento de bem-estar, e não um fim em si mesmo (Instituto Akatu).

Ser consumidor consciente é consumir efetivamente apenas o que é necessário e procurar avaliar, antes de suas escolhas, o impacto de sua compra na natureza e na sociedade de maneira geral.

Isso significa que, antes de consumir qualquer coisa, vale a pena ter em mente as dicas anteriormente apresentadas neste guia, além de buscar, dentre as empresas produtoras, aquelas que valorizem sua responsabilidade para com os funcionários, a sociedade e o meio ambiente.

E, importante, não tenha dúvidas quanto ao seu poder como consumidor. Ele é inestimável! Cada um de nós pode, por exemplo, entrar em contato com os fabricantes de produtos que não nos agradam e fazer reclamações, dando a eles a oportunidade de, por meio de nossa opinião, reorganizar e melhorar seus processos produtivos e buscar mais eficiência e sustentabilidade em seus negócios.

Sendo consumidores conscientes, podemos fazer realmente muitas coisas, como evitar os produtos de baixa qualidade ou fabricados por empresas em condições irregulares de trabalho. E isso é fazer a diferença!

QUER SABER SE VOCÊ É REALMENTE UM CONSUMIDOR CONSCIENTE? ACESSE O LINK E FAÇA O TESTE!
http://reciclick.com.br/guia/teste-consumidor/

29. Recuse as sacolinhas...

Um assunto que tem estado na boca de todos ultimamente é o uso das sacolinhas plásticas. Em alguns estados do Brasil, como São Paulo, uma lei que proíbe a sua distribuição gerou grande confusão e descontentamento, pois, sem o costume de levar uma sacola retornável às compras, o consumidor acabava sendo pego desprevenido...

Nossa sociedade acostumou-se a usar as sacolinhas plásticas dos supermercados para outras funções, como, por exemplo, forrar o lixinho do banheiro ou da pia da cozinha, e a falta das sacolinhas obrigaria a população a efetivamente mudar seus hábitos. O que seria uma boa coisa, pois o lixo plástico causa grandes problemas ao meio ambiente, demorando centenas e centenas de anos para se decompor (ninguém sabe ao certo quanto tempo). Então, será que não está na hora de descruzar os braços e agir conscientemente?

FICA AQUI A DICA: vamos começar a recusar as sacolinhas, não só de plástico, mas também as de papel, chiques e elegantes, das lojas mais cheias de charme, os embrulhos rebuscados e as dezenas de folhas de papel de seda colorido que normalmente envolvem as nossas compras.

Vamos exigir dos supermercados a utilização de sacolas de papel pardo, as *brown bags*, tão utilizadas na Europa e nos Estados Unidos, sem estampas coloridas, plastificação e outros requintes desnecessários. Vamos nos habituar a carregar sempre conosco uma sacolinha reutilizável!

CONHEÇA UMA PROPOSTA MUITO INTERESSANTE: UM CONTADOR DE SACOLINHAS PLÁSTICAS RECUSADAS. PARA PARTICIPAR, ACESSE:
http://reciclick.com.br/guia/eu-recusei/

30. Faça bom uso das embalagens

E se as sacolinhas estão invadindo o planeta, o que podemos dizer então das embalagens? Desenvolvidas para aumentar a durabilidade dos produtos e facilitar a vida das pessoas, as embalagens fazem o seu papel no mundo moderno, tornando quase tudo portátil, durável e "estocável". Hoje em dia, é possível encontrar embalagens com porções individuais de quase todos os tipos de produtos, criadas com a finalidade de conter o desperdício.

Sob essa ótica, as embalagens cumprem o seu papel, sem dúvida alguma, mas... e quanto aos problemas causados pelo volume inacreditável de matéria-prima e pelo consumo de energia necessários para produzir as embalagens e o enorme acúmulo de resíduos sólidos gerados após sua utilização?

Pesando os prós e os contras, não fica difícil perceber que, apesar das facilidades oferecidas, há embalagens demais no mundo e que os danos ao meio ambiente são imensuráveis. Precisamos encontrar o equilíbrio e, para isso, as palavras de ordem são: reduza drasticamente o consumo de embalagens.

Uma dica é começar pelos produtos de limpeza doméstica, higiene pessoal e toucador (xampus, dentifrícios, cremes, sabonetes etc.). Na hora da compra, nada melhor do que escolher aqueles com maior quantidade de produto dentro de uma única embalagem, ou os concentrados, que garantem economia de uso. Outra sugestão é consumir produtos que possibilitam troca do refil, ideia já bastante comum no mercado.

Mas, quando se trata de produtos alimentícios, a coisa fica complicada. Para evitar o desperdício do alimento, acabamos comprando embalagens individuais de quase tudo, uma configuração que deveria economizar natureza, mas acaba tendo resultados desastrosos. Nesses casos, o que fazer? Nossa sugestão é que você verifique o consumo daquele alimento na sua casa e que só compre a porção individual se ela for realmente necessária.

Além disso, precisamos ter cuidado com o uso indiscriminado de bandejinhas de isopor e papel-filme, materiais normalmente usados para embalar frios, frutas, carnes etc. Esses itens têm um tempo de uso curtíssimo: raramente são reutilizados e vão parar diretamente no lixo.

No mais, é importante lembrar que a possibilidade de mudança está em nossas mãos, em nossas atitudes.

PARA CONHECER A HISTÓRIA DAS EMBALAGENS, ACESSE:
http://reciclick.com.br/guia/o-papel-do-papel/

31. Reduza o uso de copos de plástico e utensílios descartáveis

Foi pensando na praticidade de uso e na higiene que os produtos descartáveis foram desenvolvidos. Em escolas, escritórios, fábricas, construções, clubes e até mesmo em festas, o enorme volume de copos, pratos e talheres utilizados era tão grande e demandava tantos cuidados que, assim que surgiram no mercado produtos práticos e baratos para substituí-los, fizeram um grande sucesso. Técnicas produtivas fizeram com que os descartáveis ficassem cada vez mais baratos e mais acessíveis até que, atualmente, chegamos ao ponto de praticamente só encontrarmos copos e talheres reutilizáveis em nossas casas e em alguns restaurantes.

Entretanto, visando solucionar um problema, acabou-se criando outro: é simplesmente inacreditável o volume de descartáveis jogados no lixo diariamente.

Uma dica interessante e muito simpática para minimizar esse problema é ter sempre à mão, na escola, no clube ou no trabalho, uma caneca ou um copo próprio. O que é um ótimo começo. Afinal, se todo mundo tiver a mesma atitude, rapidamente os copos descartáveis deixarão de ser usados nesses locais.

Outra sugestão é carregar sempre uma garrafinha plástica ou um *squeeze*, onde você pode levar água ou até mesmo outra bebida, evitando assim a compra de copos ou garrafas individuais descartáveis.

Converse com seus pais

Apesar do bom, velho e tradicional guardanapo de pano ter caído no esquecimento, vale a pena estimular o seu uso. Os guardanapos descartáveis, além de não serem recicláveis, geram uma enorme quantidade de lixo, embora sejam biodegradáveis (podem ser decompostos pelos micro-organismos usuais no meio ambiente).

RECICLAR É TRANSFORMAR. CLIQUE NO LINK ABAIXO E CONHEÇA UM PROGRAMA DE RECICLAGEM MUITO INTERESSANTE:
http://reciclick.com.br/guia/embalagens/

32. Reutilize!

Reutilizar significa: usar de novo; dar novo uso a algo.

Bem interessante, não é? Principalmente porque ao reutilizarmos alguma coisa, estamos prolongando sua vida útil e diminuindo a quantidade de resíduos (lixo) gerados por nós.

Você já pensou que pode reutilizar coisas que tem em casa?

A começar por sobras de comida, que podem ser facilmente transformadas em outros pratos. As embalagens que são jogadas no lixo poderiam ser utilizadas para organizar nosso armário ou escrivaninha. Se pensarmos bem, quase tudo pode ser reutilizado. Embalagens de vidro podem servir para guardar alfinetes ou pregos, potes de sorvete servem para guardar brinquedos, e até as caixas de sapato são muito úteis para guardar quinquilharias. Os usos e reúsos são inúmeros, basta lançar mão de criatividade.

MAS ATENÇÃO!

De nada adianta ficar guardando potes, potinhos, caixas e caixinhas se você não vai reutilizá-los. Nesse caso, o melhor é mandar tudo para a reciclagem.

SAIBA COMO UTILIZAR CAIXAS DE LEITE LONGA VIDA PARA FAZER UM ORGANIZADOR DE OBJETOS, ÚTIL E MUITO BONITO. ACESSE:
http://reciclick.com.br/guia/organizador-objetos/

33. Use sua criatividade: transforme!

Você gosta de trabalhos manuais?

Se a resposta for positiva, esta dica é especial para você: antes de jogar alguma coisa fora, pense se ela seria útil caso fosse transformada, com imaginação e criatividade, em outra coisa.

Vale tudo: latinhas, caixas, potinhos, canudos, garrafas PET, tampinhas, retalhos de tecidos, bandeja de isopor, caixas de ovo, e tudo o mais que a sua imaginação deixar... Todo esse material pode ser utilizado em atividades manuais com crianças, jovens e adultos, promovendo a integração familiar, o desenvolvimento motor e fomentando a criatividade.

Os resultados são geralmente surpreendentes, e verificar que uma caixa de leite longa vida pode ser transformada em um lindo porta-retrato, que duas garrafas PET e um pedaço de corda de náilon dão origem a um brinquedo muito divertido e que até embalagens de fitas de vídeo antigas, as VHSs, podem ser transformadas em uma prática estante é muito gratificante.

Tudo isso sem levar em consideração que o reúso de materiais está na moda e que, inclusive, já existem alguns profissionais que trabalham com decoração de ambientes reaproveitando itens que normalmente iriam para o lixo. Um exemplo é a criação de um abajur com um design interessante, montado totalmente com pregadores presos uns aos outros pelas próprias presilhas.

VOCÊ JÁ PENSOU EM FAZER BRINQUEDOS COM MATERIAL RECICLÁVEL?
É MUITO DIVERTIDO, POIS, ALÉM DE TUDO, VOCÊ PODE DEIXAR UMA CRIANÇA FELIZ. PARA ENCONTRAR SUGESTÕES, ACESSE:
http://reciclick.com.br/guia/brinquedos/

34. Dê vida longa ao seu armário!

Parece mentira, mas a maioria das pessoas tem em seu armário mais roupas, sapatos e acessórios do que realmente precisa ou tem ocasiões para usar. Aquela suéter linda que você acha que pinica, o tênis que você mal usou, mas já está pequeno, a calça jeans que você adorava quando era menor, mas já não veste há anos vão ficar encostados.

De vez em quando, devemos fazer algumas visitas especiais ao nosso guarda-roupa e tirar de dentro dele tudo o que não nos é útil. Separar umas horinhas para isso não faz mal a ninguém, além de deixar o armário arrumado e em ordem. É nessas arrumações que encontramos itens esquecidos ou escondidos, sem uso algum, e separá-los das roupas que você efetivamente usa vai tornar mais fácil decidir se você quer ou não mantê-los.

Uma boa dica para ajudar nessa difícil tarefa é separar tudo o que você com certeza não vai mais usar e colocar em uma sacola para doação. A verdade é que muitas pessoas possuem coisas demais no guarda-roupa, enquanto existem outras tantas que fariam bom uso delas. Uma boa dica para doação são as campanhas do agasalho.

Outra boa sugestão é verificar se alguma das peças separadas pode ser reformada ou renovada. Um bom exemplo é pegar aquela calça velha, azul e desbotada, e transformá-la em uma bermuda, ou ainda customizá-la com apliques, desenhos ou bordados.

E já que o assunto é reutilizar, usar de novo, que tal conhecer um brechó?

Os brechós são lojas de produtos usados que vendem desde roupas, calçados, bijuterias, louças e objetos de uso doméstico até móveis e obras de arte. Lá podemos descobrir peças usadas muito interessantes, com a certeza de que estamos efetivamente realizando uma compra consciente. Ao adquirirmos uma peça em um brechó, prolongando sua vida útil e economizando recursos. Não é uma combinação perfeita?

UM POUCO MAIS DE PAPO

Em nosso país, ainda não são comuns as campanhas de reciclagem de tênis e sapatos de sola de borracha, mas em vários países já existem programas muito interessantes neste sentido. Reciclados, os tênis são transformados em pisos de parquinhos, de quadras esportivas etc.

PARA SABER MAIS SOBRE ESTE PROGRAMA DE RECICLAGEM QUE TRANSFORMA TÊNIS EM PISOS, ACESSE O LINK ABAIXO E ASSISTA A UM PEQUENO VÍDEO. VOCÊ VAI GOSTAR MUITO DA IDEIA!
http://reciclick.com.br/guia/
reciclagem-de-sapatos-e-tenis/

35. Aproveite as promoções, mas contenha-se!

Imaginando que você já fez compras em uma loja que estava em liquidação ou que já visitou um daqueles famosos *outlets*, onde tudo é muito mais barato, fica a dica: contenha-se.

Apesar de nesses locais encontrarmos produtos com ótimos descontos, é bom ter em mente o que é realmente importante adquirir. Mas para isso é preciso pensar em quais são as suas reais necessidades antes de sair de casa. A partir do momento em que entramos na loja e nos deparamos com muitos produtos oferecidos a preços reduzidos, não resistimos e acabamos comprando coisas que não precisamos.

Agora, se fazer a lista com antecedência é difícil, nosso conselho é que você dê uma paradinha estratégica no seu caminho para a caixa registradora. Antes de efetivar a compra, tente lembrar das coisas que tem no armário e procure responder, sinceramente, se o que você está comprando vai fazer diferença. Muitas vezes, as peças separadas são parecidas ou até iguais às que você já tem. Ou pior: são de um número diferente do seu ou possuem defeitos.

Com essas atitudes em mente, você fará com que a compra se torne realmente interessante. Afinal, quem não gosta de adquirir bons produtos a preços mais baixos e mais justos?

DICAS PARA QUE VOCÊ FAÇA COMPRAS INTELIGENTES ESTÃO NO LINK:
http://reciclick.com.br/guia/compras-inteligentes/

36. E o papel e a casca? Coloque no lixo!

Chegou a sua vez de tentar resolver um enigma para o qual há muito tempo tentamos achar uma solução. Preparado? Então vamos lá:

"Se todos sabem que rua não foi feita para jogar lixo, se ninguém joga papel e casca fora das lixeiras, por que será que os bueiros estão sempre cheios de embalagens, sujeira e outros resíduos?".

Você pode responder que isso acontece porque a prefeitura de seu município não é eficiente na limpeza das bocas de lobo ou dizer que o sistema de águas pluviais não foi bem dimensionado, mas a grande verdade é uma só: muita gente ainda joga lixo nas ruas.

Bitucas de cigarro, papéis de bala, embalagens, restos de fruta, chiclete, pequenos objetos... A maioria das pessoas não pensa duas vezes antes de jogar essas "coisinhas à toa" nas ruas. Afinal, "que mal pode causar"? Mas é muito importante deixar claro que resíduos despejados no chão são levados pela chuva para os bueiros e, além de entupi-los, podem chegar aos córregos, rios e mananciais, poluindo suas águas e causando danos à natureza.

Vale lembrar que o acúmulo de lixo incentiva a aparição de baratas, ratos e outros animais nocivos à nossa saúde.

Converse com seus pais

E já que o assunto são os resíduos sólidos, converse com seus pais sobre os sacos de lixo doméstico, aqueles que são recolhidos pelos agentes ambientais de limpeza pública. O ideal é colocá-los na porta de casa momentos antes de o caminhão de coleta passar. Esse hábito evita que os sacos ocupem o espaço das calçadas destinado aos pedestres, que o material colocado em seu interior seja remexido e que os dejetos se esparramem pela calçada, caso chova.

UM POUCO MAIS DE PAPO

Não sei se você sabe, mas objetos e embalagens jogados na natureza podem demorar centenas de anos para se decompor.

Para você ter uma ideia, uma lata de aço jogada nas águas de um rio fica no ambiente por aproximadamente dez anos. Uma bolinha de chiclete jogada no jardim pode ficar cinco anos por ali, colocando em risco a vida de pássaros e outros animais de pequeno porte. Um pedaço de papel ou papelão pode levar mais de seis meses para se decompor. E uma sacolinha de plástico que, ao flutuar pelo ar, vai parar no oceano pode ficar centenas de anos vagando sem destino, ou ser a responsável direta pela morte de um golfinho ou de uma tartaruga que erroneamente a confundiram com comida.

E, como todos nós somos responsáveis pelo destino de nosso lixo, o melhor mesmo é cuidar para que ele acabe sempre no lugar certo, não é?

PARA SABER MAIS SOBRE O TEMPO APROXIMADO QUE CADA MATERIAL DEMORA PARA SE DECOMPOR NA NATUREZA, ACESSE:
http://reciclick.com.br/guia/decomposicao/

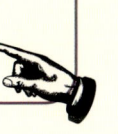

37. Recicle

Como você sabe, reciclar é transformar, é utilizar coisas que não nos servem mais como matéria-prima para a fabricação de novos produtos, sendo uma das mais interessantes e atraentes alternativas para resolver os problemas gerados pelo gigantesco acúmulo de lixo existente no planeta.

Podemos reciclar papéis, metais, plásticos, vidro e materiais orgânicos, ou seja, a maioria absoluta de tudo o que jogamos fora diariamente. Infelizmente, o hábito da reciclagem ainda não faz parte do nosso dia a dia, mas enviar o lixo para reciclagem e cuidar de maneira consciente dos resíduos sólidos gerados diariamente deveria fazer parte dos deveres de todo cidadão... Principalmente dos que querem cuidar do planeta.

Converse com seus pais

Para facilitar a reciclagem, nada melhor do que separar o lixo úmido do lixo seco. Quase todo lixo seco pode ser reciclado e é essa separação que permite que ele seja enviado para triagem e posterior transformação.

Ainda não há serviço de coleta seletiva de lixo em todas as cidades do país, mas não é difícil localizar postos ou cooperativas que recebam recicláveis perto de sua residência. Mesmo que dê um pouco de trabalho, o hábito da reciclagem é estimulante e vale muito a pena.

QUER CONHECER OUTROS LIVROS SOBRE RECICLAGEM? ACESSE:
http://reciclick.com.br/guia/reciclagem/

38. Pneu velho na garagem? Mande já para a reciclagem!

Um dado interessante que pouca gente conhece é que a reciclagem de pneus é lei no Brasil e que já existem muitas empresas nesse ramo de atividade.

Mas nem sempre foi assim. Durante muitos anos, os pneus usados, por serem considerados inúteis, foram exportados em quantidades enormes para os países do então chamado Terceiro Mundo, resultando na criação de depósitos tão extensos que chegavam a ser comparados a desertos.

Hoje em dia, já se conhecem tecnologias de reciclagem de borracha aplicáveis aos pneus usados, tanto para a borracha natural, derivada do látex da seringueira, quanto para a sintético, um subproduto do petróleo.

Por esse processo, os pneus sem utilidade são triturados e com o material obtido pode-se produzir asfalto, pisos, isolantes acústicos, grama sintética e outros itens.

Entretanto, provavelmente por falta de informação, muitas pessoas ainda guardam pneus velhos em casa, correndo o risco, inclusive, de acumular água de chuva em seu interior e transformá-los em criadouros do mosquito da dengue.

Portanto, se você tiver pneus usados em sua garagem, eles já podem ser enviados para a reciclagem!

PARA CONHECER MELHOR A RECICLAGEM DA BORRACHA E ASSISTIR A UM VÍDEO SOBRE O ASSUNTO, ACESSE:
http://reciclick.com.br/guia/borracha/

39. Lembre-se: lata não é lixo, não!

Os metais, ao contrário do que você possa pensar, não se encontram no subsolo do nosso planeta, prontinhos, esperando para ser usados. Na verdade, eles fazem parte da composição de minerais, o que significa que, para obtermos metais, os minerais são extraídos do solo e submetidos a processos geralmente muito trabalhosos e caros, o que por si só já justificaria a reciclagem. Além disso, não podemos esquecer que os minerais são recursos não renováveis, ou seja, existem em quantidades finitas na natureza... Isso quer dizer que, uma vez esgotadas as fontes, não há outra maneira de obtê-los.

O Brasil recicla mais de 95% das latinhas de alumínio. Com isso, é possível diminuir a extração de bauxita, economizar energia elétrica e evitar a emissão de grandes quantidades de gás carbônico na atmosfera.

Mas, além do alumínio, podemos e devemos reciclar outros metais, como aço, ferro, cobre etc. Ah! Sabe aqueles clipes e grampos que nós usamos nos trabalhos da escola? Quando recolhidos em grandes quantidades, também são recicláveis.

PARA CONHECER UM POUCO MAIS SOBRE O CICLO DA LATINHA DE ALUMÍNIO, ACESSE O LINK E ASSISTA A UM VÍDEO:
http://reciclick.com.br/guia/aluminio/

40. Poupe a natureza, recicle papel

Como você já sabe, de todos os materiais recicláveis, o papel é o único produzido com recursos 100% renováveis e também biodegradáveis. Entretanto, mesmo sabendo disso, é muito importante reciclar o papel, pois o processo de sua fabricação implica certos danos à natureza, principalmente no que diz respeito à poluição do ar e dos mananciais (rios, lagos, represas etc.).

A reciclagem do papel é bem simples: basta separar jornais e revistas, impressos em geral, cartões, embalagens cartonadas e até embalagens do tipo longa vida e enviar todo esse material para cooperativas especializadas. Procure se informar sobre os locais e fique atento, pois muitas vezes as próprias cooperativas possuem sistemas de coleta. Só não precisamos nos preocupar em reciclar papel higiênico, guardanapos de papel, papel-carbono, fotografias e etiquetas adesivas.

UM POUCO MAIS DE PAPO

Uma maneira inteligente de minimizar os danos ao meio ambiente causados pela produção de papel é tornar-se consumidor de produtos certificados, ou seja, de material produzido de acordo com normas de preservação do meio ambiente. Utilizar papel reciclado também é uma boa pedida. Procure o selo de reciclagem que mostra que o papel já teve outra utilidade. Faça a sua parte!

FSC

SAIBA COMO PRODUZIR PAPEL RECICLADO. ACESSE:
http://reciclick.com.br/guia/papel-reciclado/

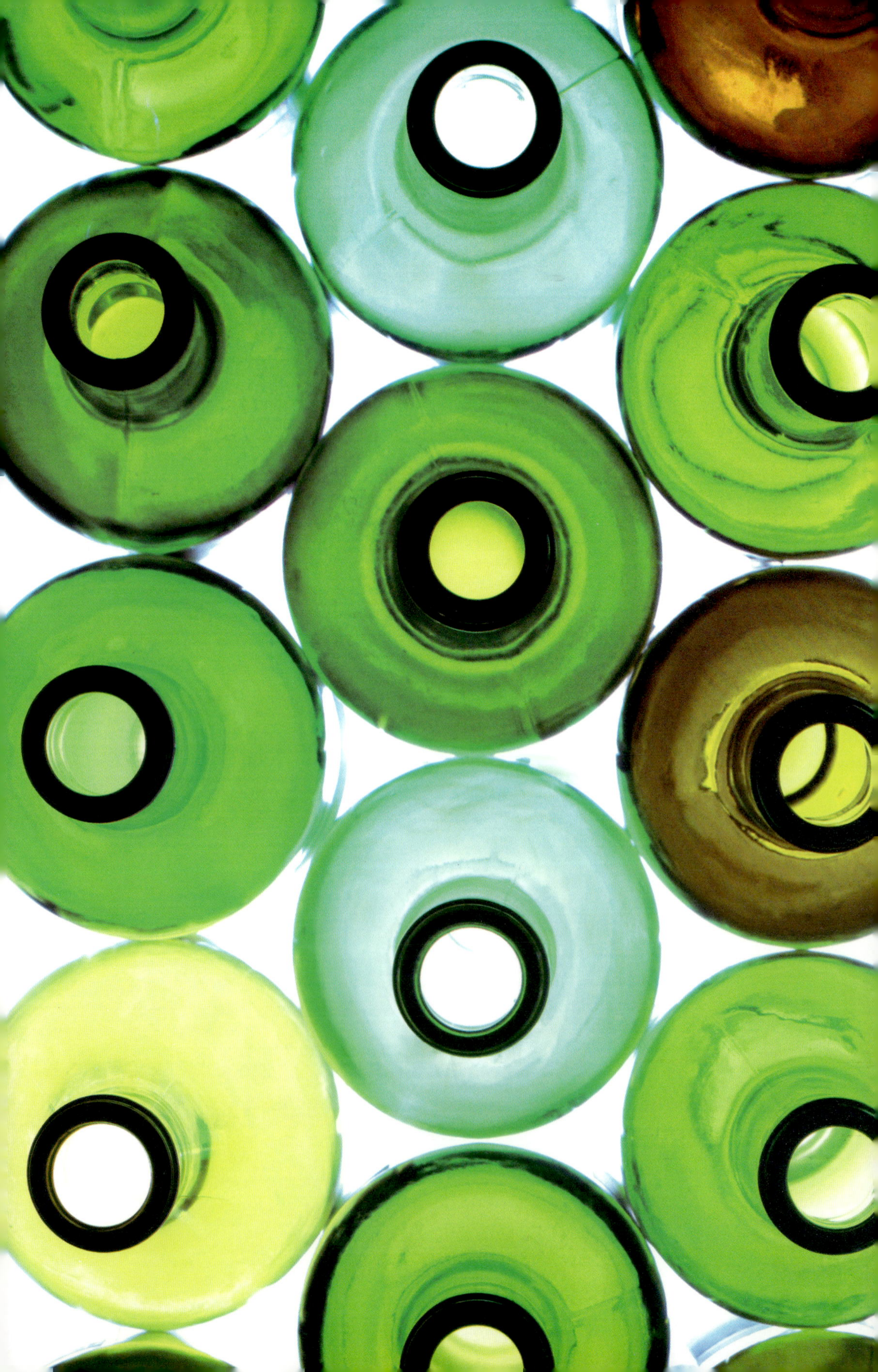

41. Na natureza, nada se cria. Até a areia se transforma!

Você já percebeu que o vidro é um dos produtos que mais utilizamos no nosso dia a dia? O vidro pode ser reutilizado ou reciclado. Obtido pela fusão de compostos inorgânicos a altas temperaturas, seu principal componente é a sílica, mais conhecida como areia.

Apesar de ser um material descoberto pelo homem há mais de 9 mil anos, o vidro só começou a ser utilizado no dia a dia pelos egípcios há mais ou menos 3.500 anos. E nunca mais saiu de cena!

O vidro destinado à reciclagem vem basicamente de dois lugares: da própria vidraçaria e do vidro coletado pós-consumo, ou seja, de garrafas, embalagens de medicamentos, perfumes, cosméticos, frascos, potes etc. Entendido como um dos materiais ideais para a reciclagem, pode voltar ao processo por inúmeras vezes, preservando praticamente todas as características do vidro original, sem perder a qualidade.

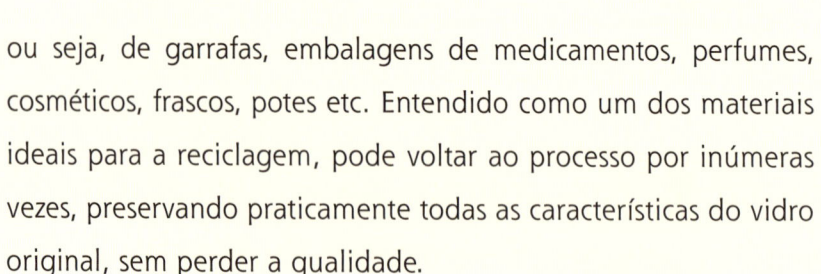

A utilização de vidro reciclado em novos produtos e em cerâmicas é bastante praticada e contribui com a redução do consumo de energia e do volume de lixo gerado. Além disso, não podemos deixar de lembrar que a reciclagem (e, nesse caso, qualquer reciclagem e não apenas a do vidro) gera empregos e renda para milhares de pessoas que trabalham como catadores ou recicladores em cooperativas organizadas para esse fim.

Muito interessante, não? Então, o que você acha de começar já a reciclar vidro? É muito importante não jogar vidro no lixo comum, pois, além de ser material cortante e colocar em risco a integridade física dos agentes ambientais que recolhem o lixo de nossas casas, a sílica, apesar de abundante, não é um recurso renovável. Isso significa que, se acabar... já viu, né?

Agora, para finalizar e deixar você mais bem informado, é preciso dizer que, infelizmente, os espelhos, as lâmpadas, as cerâmicas, o vidro refratário e alguns similares não são recicláveis e precisam ser descartados com cuidado e separados do processo de reciclagem.

PARA SABER UM POUCO MAIS SOBRE OS VIDROS, SUA PRODUÇÃO E RECICLAGEM, ACESSE:
http://reciclick.com.br/guia/vidros/

42. Conheça a reciclagem do plástico

Você sabia que plástico é o termo genérico dado a uma família de materiais que apresentam em comum a característica de serem moldáveis, podendo, por meio de métodos adequados, assumir a forma de garrafas, vasos, caixas, pratos, fios etc.?

Como os produtos que acabamos de citar são produzidos, em sua maioria, com base no petróleo – outro recurso que, como os metais, não é renovável –, precisam, sem sombra de dúvida, ser reciclados, pois é o plástico o causador de um dos maiores problemas relacionados ao acúmulo de lixo, e por isso merece a nossa atenção especial.

Alguns tipos de plástico, como, por exemplo, o PET (*politereftalato de etileno*), comumente utilizados na fabricação de garrafas de refrigerante e outros itens, são transformados, por meio da reciclagem, em camisetas, carpetes, material escolar etc.

Muito está se investindo em tecnologia no mundo para que possamos, dentre outras coisas, utilizar todo o plástico que atualmente jogamos fora, como, por exemplo, o desenvolvimento de madeira plástica com a qual pode-se fazer móveis, deques, *pallets*, dormentes de estrada de ferro, mourões de cerca etc. Outro foco de investimento é o desenvolvimento de bioplástico, ou plástico de plantas, um produto muito interessante, pois, além de ser biodegradável, não utiliza petróleo em sua composição.

PARA CONHECER UM POUCO MAIS SOBRE A HISTÓRIA DO PETRÓLEO, ACESSE:
http://reciclick.com.br/guia/petroleo/

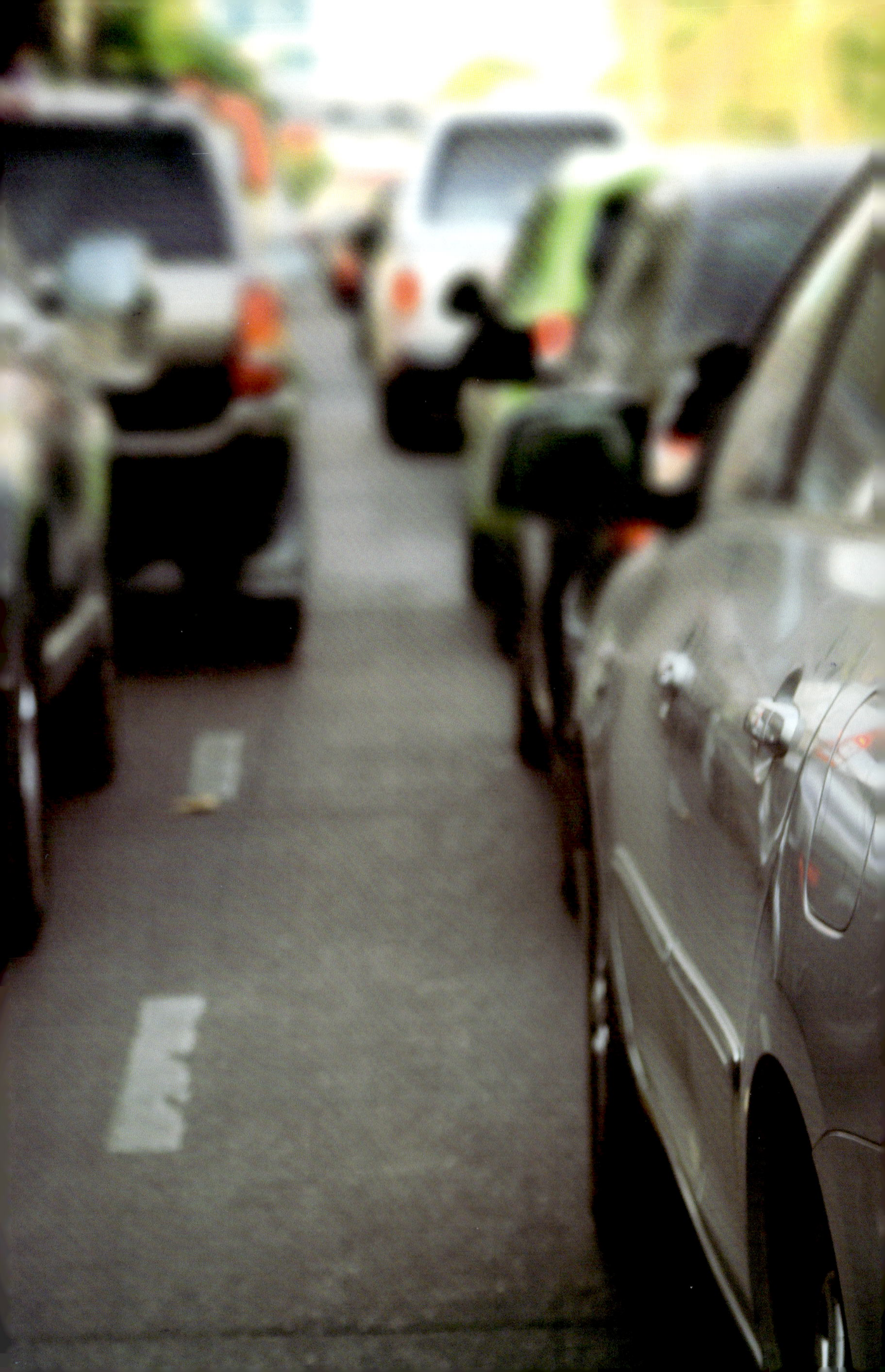

43. Fuja de congestionamentos

O uso de carros e caminhões cresceu muito nos últimos anos, aumentando bastante o trânsito nas cidades e a poluição, que é um dos responsáveis pelo aumento de doenças respiratórias, isso sem falar no estresse.

A preocupação é grande e vemos alguns esforços do governo e das empresas para tratar desse tema. Ele é tão sério que faz parte de um dos assuntos fundamentais relacionados à qualidade de vida nas cidades: a mobilidade urbana.

Mas que bicho é esse?

Mobilidade urbana é a capacidade de deslocamento de pessoas e bens no espaço urbano para a realização das atividades cotidianas em tempo considerado ideal, de modo confortável e seguro. Ou seja, é a garantia que o cidadão precisa ter de se locomover, em tempo hábil, dentro da cidade onde mora.

Todos nós integramos o conceito da mobilidade urbana e podemos, por meio de nossas atitudes e hábitos cotidianos, contribuir para a sua promoção, reduzindo o trânsito da nossa cidade. Uma maneira interessante de participar ativamente é utilizar o transporte público, optando, sempre que possível, por ônibus e metrô. Se o destino for mais próximo, vá de bicicleta ou caminhe – soluções muito interessantes que, além de tudo, contribuem para a manutenção de sua saúde.

Entretanto, caso haja necessidade de utilização do carro, pense em dar carona para alguém que está indo para o mesmo destino. Uma sugestão é procurar colegas que moram nas redondezas e organizar caronas solidárias. Não sei se você sabe, mas já existem vários sites para organizar esse compartilhamento, levando em consideração, é claro, o seu roteiro e destino final.

Apesar de dependermos de ações governamentais voltadas ao desenvolvimento de soluções de mobilidade em geral, como investimentos em sistemas de gerenciamento de trânsito, expansão de redes de ônibus e construção de novas linhas de metrô, a diminuição dos congestionamentos também depende de nós.

Fuja de congestionamentos, procure soluções alternativas!

> **PARA CONHECER UM DOS SITES QUE PROMOVEM CARONAS, ACESSE:**
> http://reciclick.com.br/guia/caronas/
> **ENTRETANTO, FIQUE ESPERTO! VOCÊ PRECISA UTILIZAR UM SITE DE CARONAS QUE FUNCIONE EM SUA CIDADE OU REGIÃO. CASO ELE AINDA NÃO TENHA SIDO CRIADO, QUE TAL DESENVOLVER UM?**

44. Proteja os animais silvestres

Você sabe qual a diferença entre o animal silvestre e o animal doméstico?

Os animais silvestres são todos aqueles que vivem ou nascem em um ecossistema natural, como florestas, rios e oceanos, como os macacos, as cobras, os jabutis, os lagartos, as panteras etc. Já os animais domésticos são aqueles que não vivem mais em ambientes naturais e tiveram seu comportamento alterado pelo convívio com o homem, como os cachorros e os gatos.

No entanto, para ser diferentes ou seguir certo modismo, muitas pessoas gostam de ter animais silvestres em casa, preferindo um mico-leão a um cachorrinho, uma jaguatirica a um gato e uma arara-azul a um periquito australiano (aquele bem colorido). E é exatamente esse tipo de atitude que acaba por incentivar um dos grandes problemas que a biodiversidade enfrenta hoje em dia: o tráfico de animais silvestres.

Ter animais silvestres em casa é considerado crime se adquiridos de maneira ilegal. Eles devem estar em zoológicos e entidades com fins científicos que possuam autorização do Ibama – Instituto Brasileiro do Meio Ambiente e dos Recursos Naturais Renováveis. A retirada de determinado animal de seu ambiente natural causa grandes danos à natureza. Afinal, cada um deles é um precioso e único elo que forma uma importante teia que, ao ser quebrada, pode colocar em risco não só a sua própria existência, mas também a de muitas outras formas de vida.

No Brasil e nos outros países, o tráfico de animais silvestres é uma atividade ilegal que movimenta somas inacreditáveis de dinheiro, e a única maneira de combatê-lo é deixar de incentivá-lo.

Portanto, atenção: não compre animais silvestres nem quaisquer produtos deles derivados, como, por exemplo, roupas, bijuterias e artigos de decoração. Avise seus amigos e, juntos, façam uma corrente a favor da biodiversidade.

UM POUCO MAIS DE PAPO

Alguns animais silvestres, como aquelas pequenas tartarugas d'água, cobras ou ainda certos tipos de iguana, são encontrados em pet-shops com venda autorizada pelo Ibama. Então, antes de levar para casa um desses bichinhos, certifique-se de sua origem e verifique a autorização de venda. Seja você também um guardião do meio ambiente.

PARA CONHECER MAIS SOBRE OS ANIMAIS DA FAUNA BRASILEIRA, ACESSE:
http://reciclick.com.br/guia/fauna-brasileira/

45. Tire um animal das ruas e pratique a posse consciente

Você já pensou em adotar um cãozinho ou um gatinho?

Diariamente, centenas de animais domésticos são abandonados nas ruas das cidades, deixados em qualquer esquina, esquecidos por seus donos que, por algum motivo, não os querem mais. É graças à ação de inúmeras ONGs que muitos desses animais são recolhidos, cuidados, muitas vezes medicados e oferecidos àqueles que gostam de bichos e os querem por perto. Os que não têm essa sorte acabam atropelados, afogados ou recolhidos pelo Centro de Controle de Zoonoses de sua cidade.

Portanto, se você quer mesmo um animalzinho, que tal adotar um? A adoção é uma opção muito interessante, pois ajuda a controlar a população nas ONGs e garante ao animal um lar, com todo o carinho que ele merece. E tudo isso com um gasto muito pequeno. Enquanto nos pet-shops os animais domésticos são oferecidos por preços altíssimos, nas ONGs de proteção você precisa apenas pagar uma pequena taxa que garantirá o funcionamento da instituição.

Agora, atenção: caso você já tenha um animal doméstico em casa, lembre-se de que ele precisa de carinho, além de condições básicas de higiene e saúde. Cachorros, gatos, passarinhos e outros bichinhos não são brinquedos e precisam de atenção. A posse de um animal doméstico gera uma série de responsabilidades, mas também proporciona a satisfação de podermos usufruir de sua companhia.

UM POUCO MAIS DE PAPO

Apenas para deixar claro: lugar de animal não é nas ruas. Ele precisa ser recolhido, pois, além de correr risco de morte, pode desenvolver doenças perigosas aos seres humanos, como, por exemplo, a raiva.

QUER CONHECER UMA LINDA HISTÓRIA SOBRE POSSE CONSCIENTE? ACESSE:
http://reciclick.com.br/guia/posse-consciente/

46. Seja um cidadão do planeta, cuide do que é seu!

Por diversas vezes mencionamos a importância de ser cidadão. E, como você bem sabe, ser cidadão é ter direito à vida, à propriedade, à liberdade e à igualdade perante a lei.

Ser cidadão significa ter voz ativa no destino da sociedade, participar das decisões, ter direito de escolha, poder ser escolhido e ter direitos políticos, possuir direitos sociais que garantem acesso à educação, à saúde e ao trabalho.

Portanto, para ser cidadão é preciso atuar, participar das decisões tomadas nas comunidades às quais você pertence, como a escola, o clube, a vizinhança, a família, a cidade, o estado, o país, o planeta. E que sejam decisões de um cidadão consciente, que valoriza o desenvolvimento sustentável e que pensa na continuidade da vida para as próximas gerações.

Pense no planeta como se fosse a sua casa. Sua única casa. Cuide do que é seu exercendo seus direitos de cidadão!

PARA SABER MAIS SOBRE CIDADANIA, ACESSE:
http://reciclick.com.br/guia/cidadania/

47. Denuncie e cobre atitudes!

Agora que você conhece seus direitos e pensa como um cidadão consciente, ou seja, que busca um caminho saudável de continuidade para a vida com qualidade em nosso planeta, que tal descruzar os braços e começar a denunciar os abusos contra o meio ambiente?

Alguns exemplos são os desmatamentos, o despejo de lixo em locais incorretos, a venda de animais silvestres em feiras livres, as queimadas etc. A denúncia em todos esses casos é muito importante, porque é justamente a agilidade da fiscalização que torna possível inibir as agressões à natureza e ao meio ambiente.

Mas denunciar não é tudo! Cabe a cada um de nós cobrar ações e soluções dos responsáveis. Por exemplo: se perto da sua casa existe alguma área utilizada para descarte irregular de lixo ou entulho, denuncie. Entre em contato com o órgão competente de seu município e, caso o problema não seja solucionado em determinado espaço de tempo, cobre soluções! Os lixões são ilegais, e de responsabilidade dos governantes.

São os vereadores, os deputados, os prefeitos, os governadores e até o presidente os responsáveis por criar condições de infraestrutura e desenvolvimento para a população. Cobrar dos políticos melhorias no transporte público é contribuir para aumentar a mobilidade urbana. Cobrar condições de atendimento hospitalar e disponibilidade de medicamentos à população é garantir saúde e qualidade de vida. Cobrar o acesso a uma rede de ensino em boas condições é garantir educação e formação profissional.

Também devemos ter em mente que existem outras maneiras de participação, como, por exemplo, fazer parte de organizações que lutam por algumas causas, atuar em passeatas pacíficas e mobilizar amigos e conhecidos.

ESSES EXEMPLOS DE CIDADANIA PODEM SER REALIZADOS DE MANEIRAS VARIADAS, COMO UMA RECLAMAÇÃO OU DENÚNCIA PELO TELEFONE, PELA INTERNET, EM JORNAIS, REVISTAS OU OUTROS MEIOS DE COMUNICAÇÃO.
PARA CONHECER ALGUNS CANAIS POR MEIO DOS QUAIS VOCÊ PODE ATUAR, ACESSE:
http://reciclick.com.br/guia/denuncia/

48. Seja um voluntário, participe!

Você sabe o que é ser voluntário? É trabalhar em alguma entidade social, escola ou instituição sem receber pagamento por isso. Bem, sem receber pagamento em dinheiro, salário, pois para os voluntários não há melhor pagamento do que poder participar das causas nas quais acreditam, lutar por seus ideais.

Mais uma vez, vamos sugerir que você reflita um pouco, pense quais são os seus princípios e valores como cidadão. Depois identifique causas que chamem sua atenção. Com esses temas em mente, descubra maneiras de atuar como voluntário e contribuir com organizações que já existem ou estão sendo montadas, cujos objetivos estejam relacionados aos valores que você selecionou, aos temas que definiu como prioritários.

Atuar como voluntário é extremamente gratificante e, geralmente, os benefícios gerados pelo trabalho são tão grandes e especiais para você, que doou seu tempo, como para quem o recebeu.

VOCÊ QUER SER UM VOLUNTÁRIO? NO LINK ABAIXO APRESENTAMOS OS CENTROS DE VOLUNTARIADO DE SÃO PAULO, RIO DE JANEIRO, PARANÁ E DISTRITO FEDERAL. MAS FIQUE ESPERTO: É MUITO FÁCIL PROCURAR NA INTERNET O CENTRO DE VOLUNTARIADO DO ESTADO EM QUE VOCÊ MORA. ACESSE:
http://reciclick.com.br/guia/voluntariado/

49. Convença alguém

Agora que você já conhece inúmeras dicas sobre como cuidar melhor do planeta, seja um agente multiplicador de ideias!

Com certeza, seus valores pessoais fizeram com que você se identificasse com algumas das ações sugeridas aqui no guia. Aproveite o seu conhecimento e a sua experiência de vida e reflita um pouco sobre como multiplicar ideias e expandir consciência entre as pessoas e nas comunidades das quais você participa.

Conte suas experiências, mostre os benefícios gerados e os danos evitados pelas boas práticas sustentáveis. Dê exemplos. Saiba que quando acreditamos em um assunto, uma ação ou um sonho, temos mais facilidade de convencer os outros, portanto, espalhe suas ideias!

Vamos juntos cuidar melhor do nosso planeta!

PARA CONHECER A HISTÓRIA DE UM RAPAZ QUE PERCEBEU COMO É FÁCIL MUDAR O MUNDO, ACESSE:
http://reciclick.com.br/guia/para-mudar-o-mundo/

50. Aproveite a natureza

E, agora, a nossa última dica: aproveite tudo de bom que a natureza oferece! Passeie nos parques, sente-se à sombra de uma árvore, observe os animais. Experimente o sabor de uma fruta tirada do pé, encante-se com as cores de um jardim, aprecie o pôr do sol e o brilho da lua cheia. Cultive uma pequena horta, tome um copo de água pura da nascente...

Com isso, você se aproximará da natureza e compreenderá melhor que todos os seres vivos fazem parte da grande teia da vida!

PARA OBTER DICAS DE COMO CULTIVAR UM JARDIM EM PEQUENOS ESPAÇOS, ACESSE:
http://reciclick.com.br/guia/jardins/

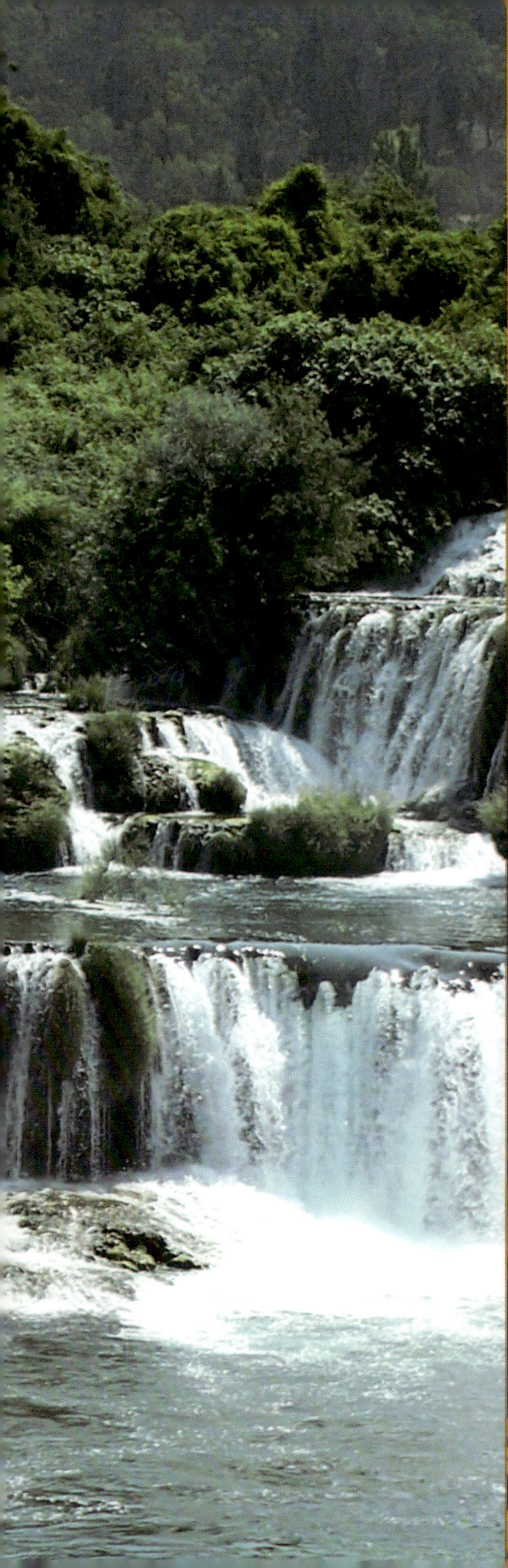

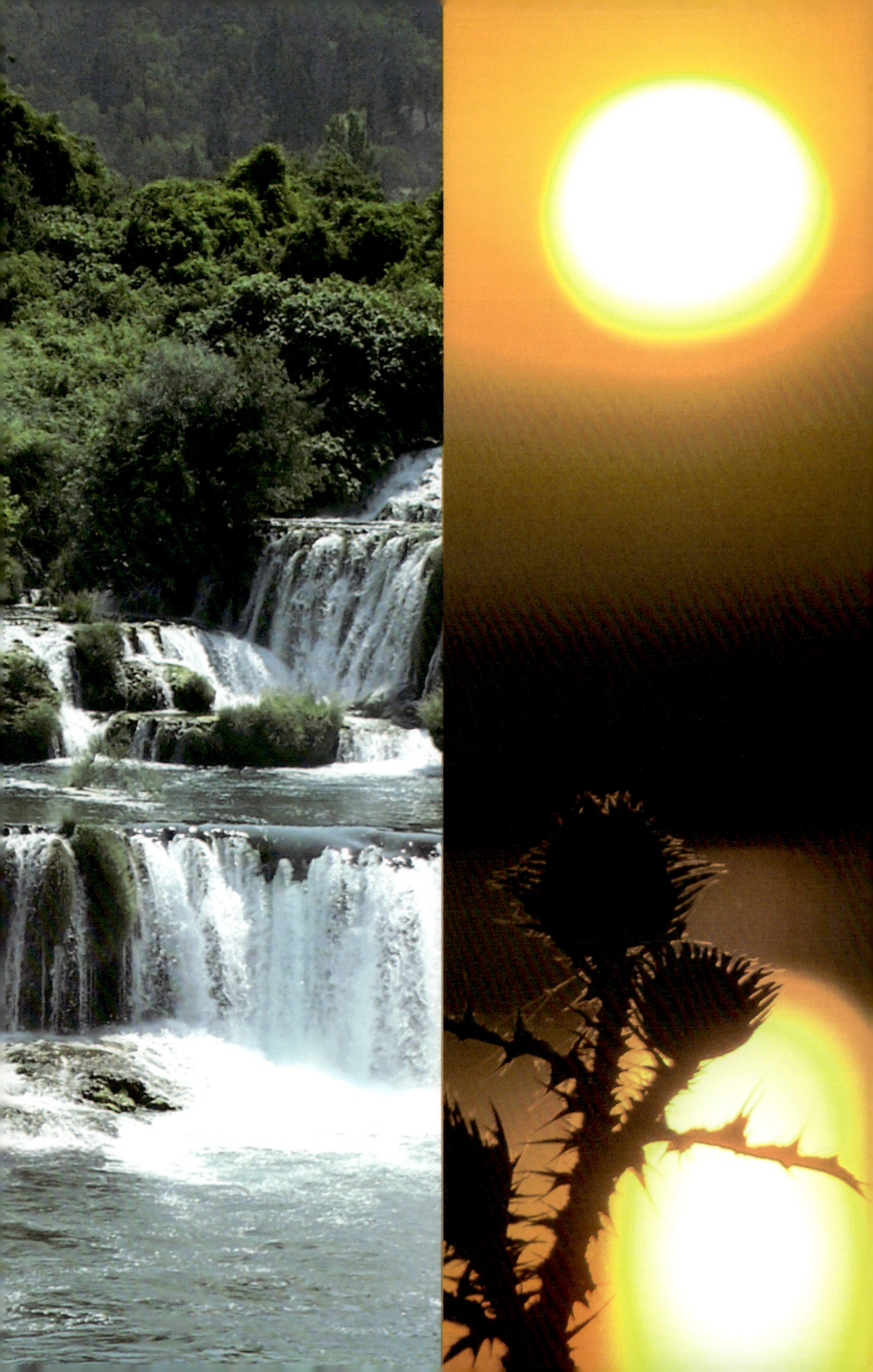

O que rola mundo afora 2!

Quando usamos esse título no começo do livro, estávamos nos referindo aos problemas ambientais mais discutidos, aqueles dos quais você mais ouve falar.

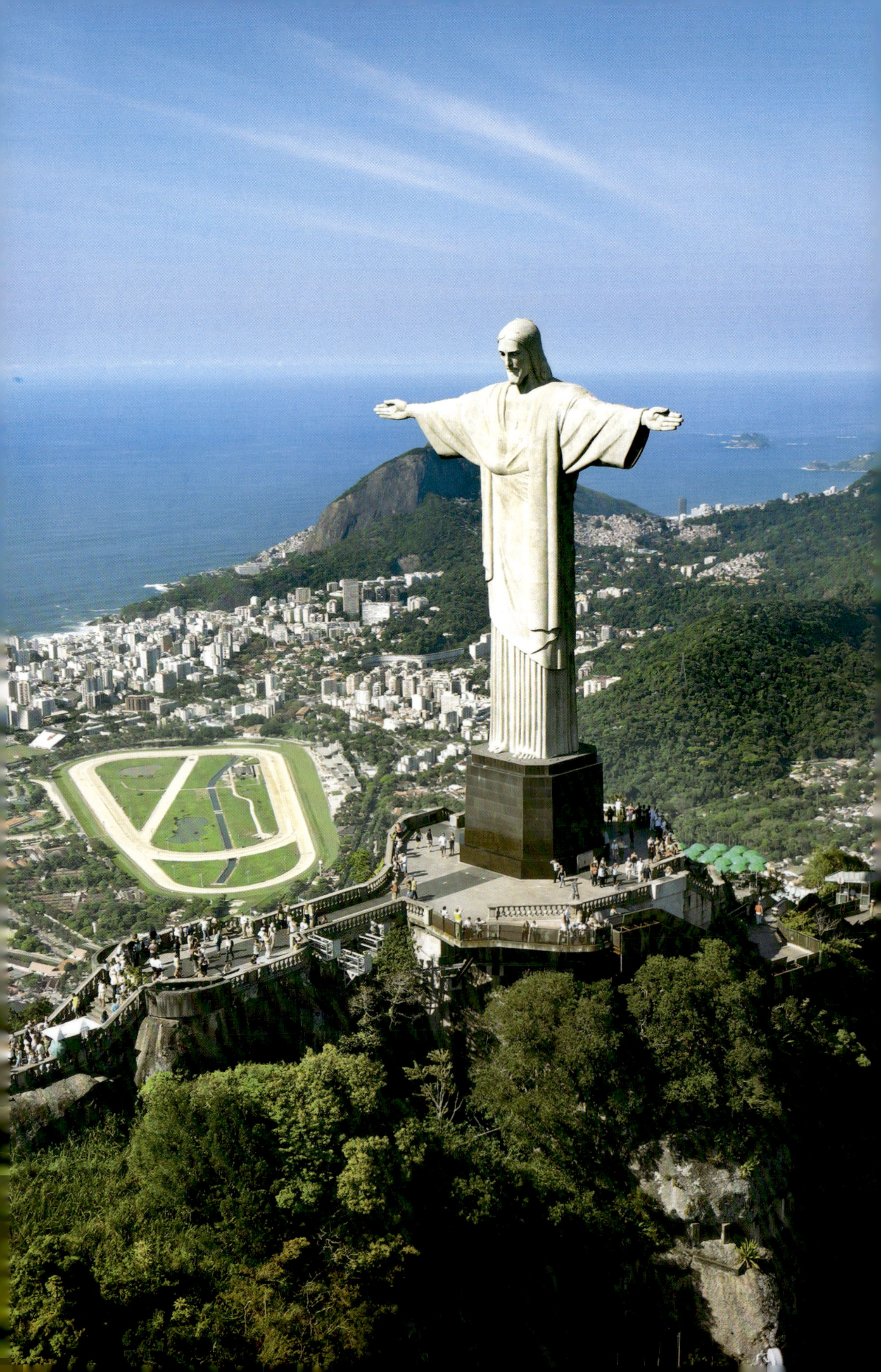

Chegou a vez das atitudes e das propostas e de buscar soluções. No mundo inteiro, ONGs, instituições, escolas, governos e principalmente pessoas como você estão descruzando os braços para cuidar do planeta.

Ainda temos um longo caminho a percorrer, mas muita coisa interessante tem sido feita.

Separamos aqui alguns exemplos...

RIO+20
Conferência das Nações Unidas sobre Desenvolvimento Sustentável

Rio+20

Os problemas relacionados com o meio ambiente vêm sendo debatidos em universidades e fóruns governamentais desde os anos 1950.

O assunto foi se tornando cada vez mais sério e em 1972 aconteceu em Estocolmo, Suécia, a primeira "Conferência da ONU sobre o Meio Ambiente". Vinte anos depois, em 1992, foi a vez de o Rio de Janeiro sediar a segunda conferência mundial, evento que ficou conhecido popularmente pelo nome de ECO-92. Como os danos causados ao planeta pela ação do ser humano estavam mais evidentes, o evento contou com a participação de 178 países e tinha como objetivo principal encontrar soluções para permitir que houvesse desenvolvimento e, ao mesmo tempo, conservação do planeta. Foram discutidos temas como a redução da chuva ácida, a preservação da camada de ozônio, o efeito estufa, a necessidade da diminuição da poluição das águas e do ar e o ecoturismo. Foi criada então a Agenda 21, um documento assinado pelos países participantes com as estratégias dos países para o desenvolvimento sustentável.

Um dos acontecimentos mais marcantes da ECO-92 foi o discurso de uma menina canadense de 12 anos chamada Severn Cullis-Suzuki. Sem nenhum constrangimento, Severn falou para autoridades do mundo todo.

Chegamos à Rio + 20, a terceira das conferências mundiais sobre o meio ambiente, que aconteceu em junho de 2012, no Brasil, na cidade do Rio de Janeiro. Reunindo autoridades de 193 países, o evento colocou em pauta, mais uma vez, os principais temas da sustentabilidade e a busca de possíveis soluções para o nosso planeta. Podemos dizer que o movimento da Rio + 20, com a participação de mais de 8 mil delegações, foi bem maior do que as reuniões formais realizadas pelas autoridades governamentais. Em paralelo, foram realizados mais de 3 mil eventos organizados por empresas, pelas ONGs e pelos cidadãos ao redor da cidade.

Infelizmente, o documento aprovado ao término da Rio + 20 não apresenta resultados sólidos o suficiente para cuidarmos da crise de sustentabilidade da Terra. O lado animador da história é que as empresas, as ONGs e os cidadãos já acordaram para essa problemática e estão fazendo, cada vez mais, a sua parte, atuando de modo consciente no seu dia a dia.

PARA CONHECER A MENINA QUE CALOU O MUNDO DURANTE A ECO-92 E O QUE ELA TEM A DIZER MAIS DE 20 ANOS DEPOIS, ACESSE:
http://reciclick.com.br/guia/severn/

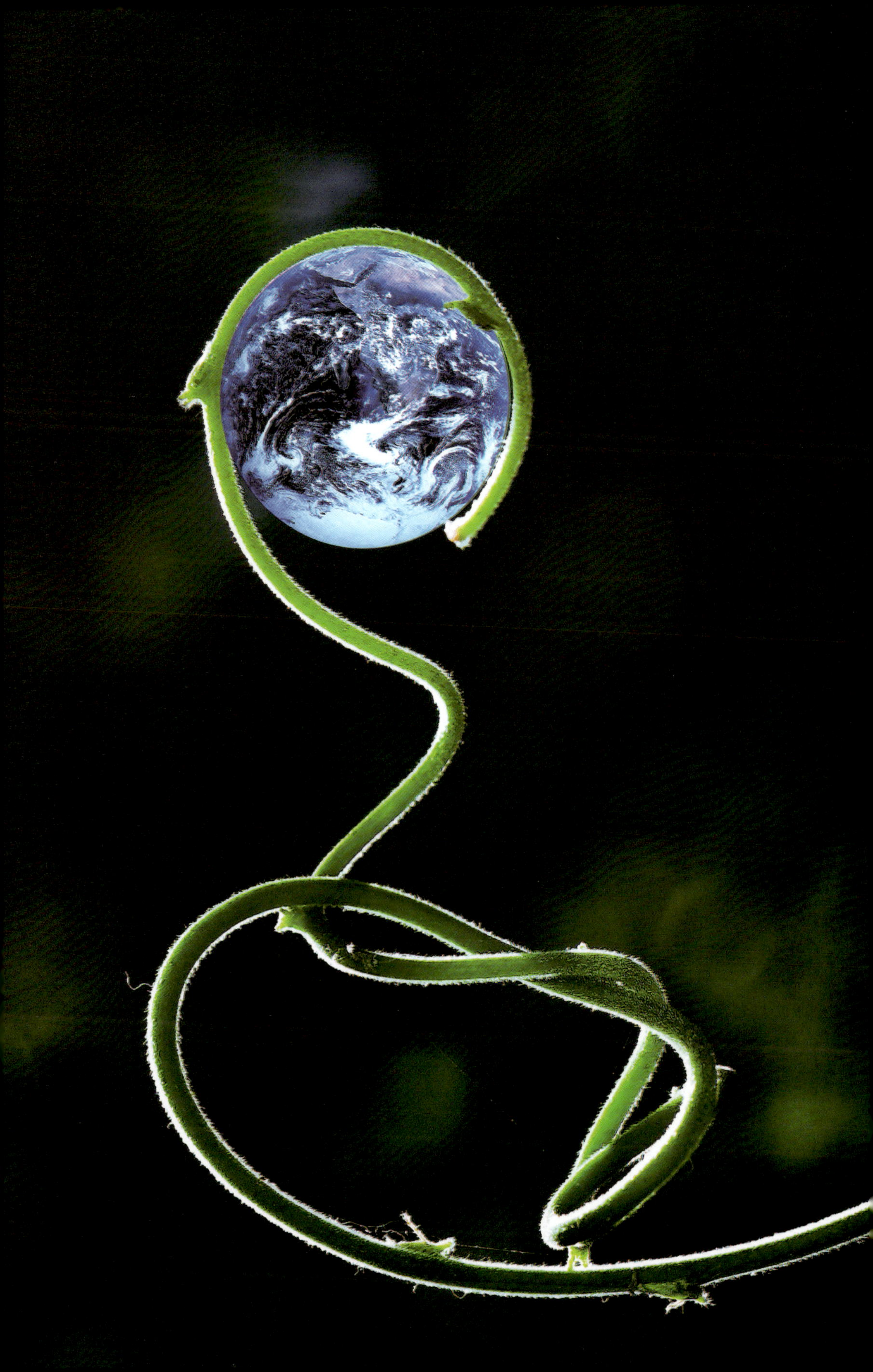

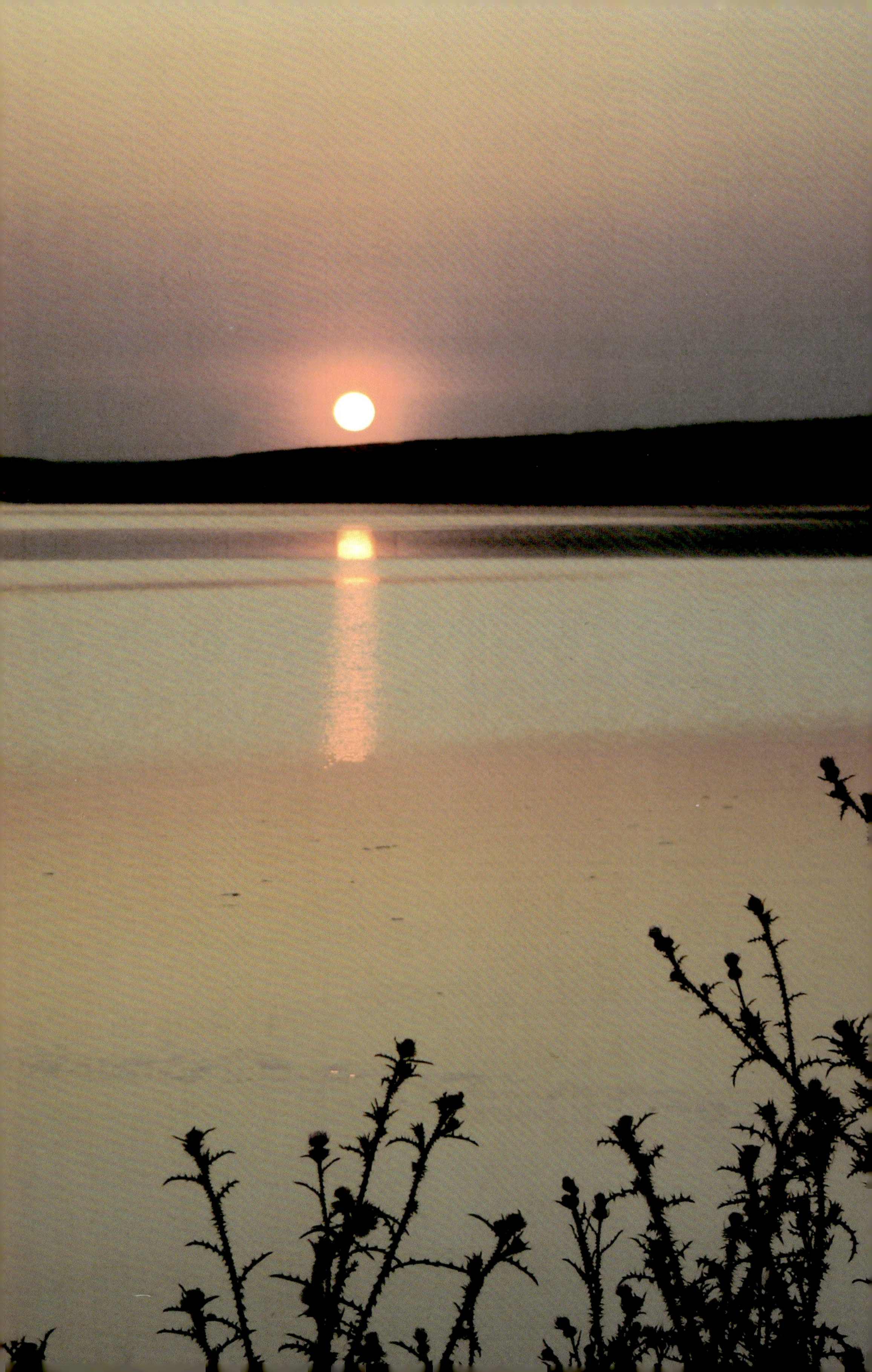

Visão 2050

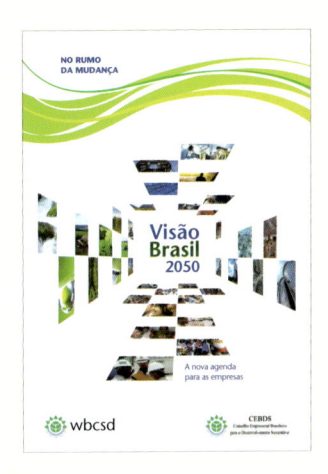

Vale a pena conhecer o relatório público Visão 2050, desenvolvido pelo Conselho Empresarial Mundial para o Desenvolvimento Sustentável (World Business Council for Sustainable Development), o qual apresenta um interessante panorama do mundo a caminho da tão sonhada sustentabilidade.

O que será necessário fazer para que daqui a 40 anos, em um mundo com 9 bilhões de habitantes, todos tenham acesso à saúde, alimentação, educação, energia, moradia, mobilidade etc.?

Segundo o Visão 2050, existe o entendimento de que o caminho em direção à sustentabilidade tem como pré-requisito mudanças estruturais nos governos e nas economias de todos os países, mas a maior e mais profunda mudança deve ocorrer no comportamento humano.

Abandonar o consumismo exagerado, resgatar valores humanos há muito esquecidos e respeitar a capacidade do planeta são pontos fundamentais para a existência de qualidade de vida na Terra daqui a quatro décadas. São atitudes que dependem basicamente de cada um de nós.

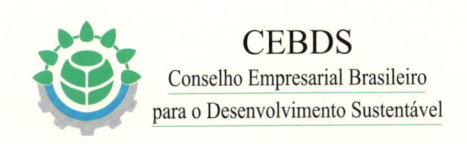

CEBDS
Conselho Empresarial Brasileiro
para o Desenvolvimento Sustentável

PARA CONHECER MELHOR AS IDEIAS APRESENTADAS NO VISÃO 2050, ACESSE O LINK ABAIXO E FAÇA O DOWNLOAD DO VISÃO BRASIL 2050 – DOCUMENTO DESENVOLVIDO PELO CEBDS LANÇADO NA RIO+20.

http://reciclick.com.br/guia/visao-2050/

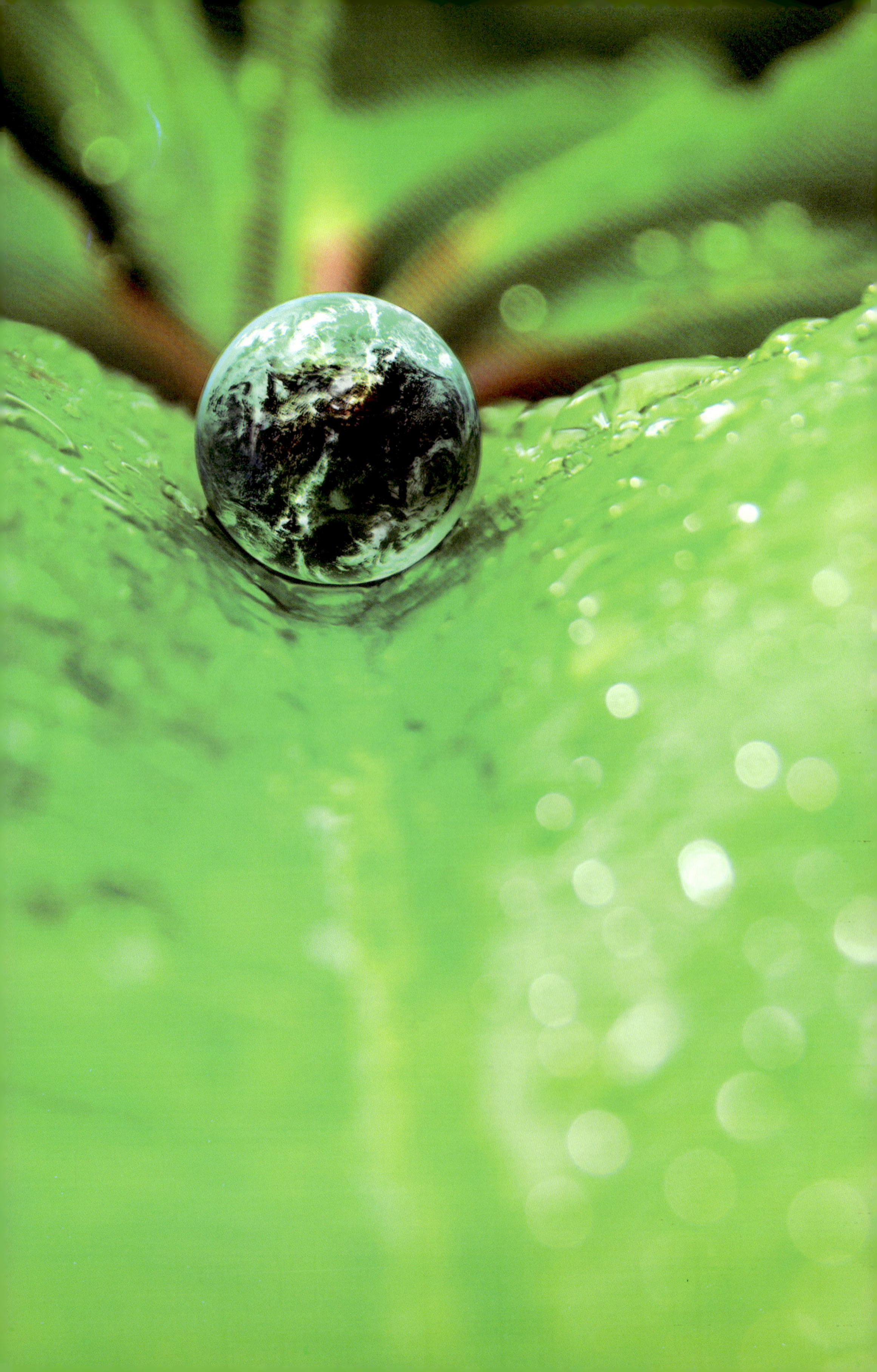

Greenpeace, WWF, SOS Mata Atlântica

GREENPEACE

Você já deve ter ouvido falar do Greenpeace, uma organização global independente que atua na defesa do meio ambiente e na conscientização das pessoas para que mudem suas atitudes. Presente em 43 países e contando com o apoio de mais de 4 milhões de ciberativistas em todo o mundo, o Greenpeace acredita que é na mudança de comportamento individual que encontraremos as soluções para o futuro do planeta.

GREENPEACE

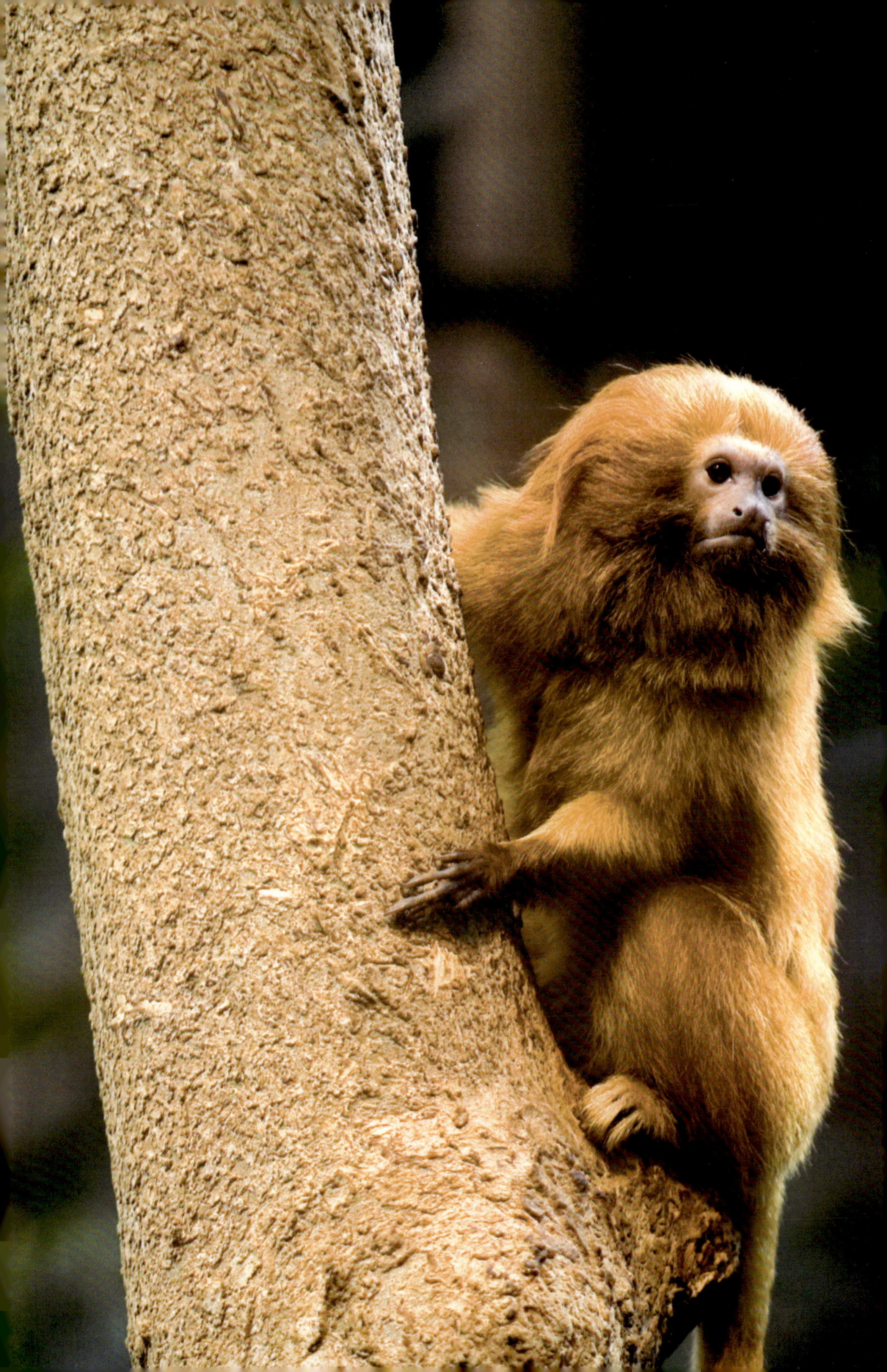

WWF

Criado há mais de 50 anos, o WWF (conhecido anteriormente como Fundo Mundial para a Natureza – World Wide Fund for Nature) tem como principal característica o diálogo com todos os envolvidos na questão ambiental, desde pequenas comunidades nas florestas tropicais da África Central até instituições internacionais como o Banco Mundial. Um dos principais responsáveis pela evolução do movimento ambientalista mundial, o WWF conta com quase 5 milhões de associados distribuídos pelos cinco continentes.

Sua missão global é conter a degradação do meio ambiente e construir um futuro em que o homem viva em harmonia com a natureza por meio da preservação da biodiversidade mundial, da garantia da sustentabilidade dos recursos naturais renováveis e da promoção da redução da poluição e do desperdício.

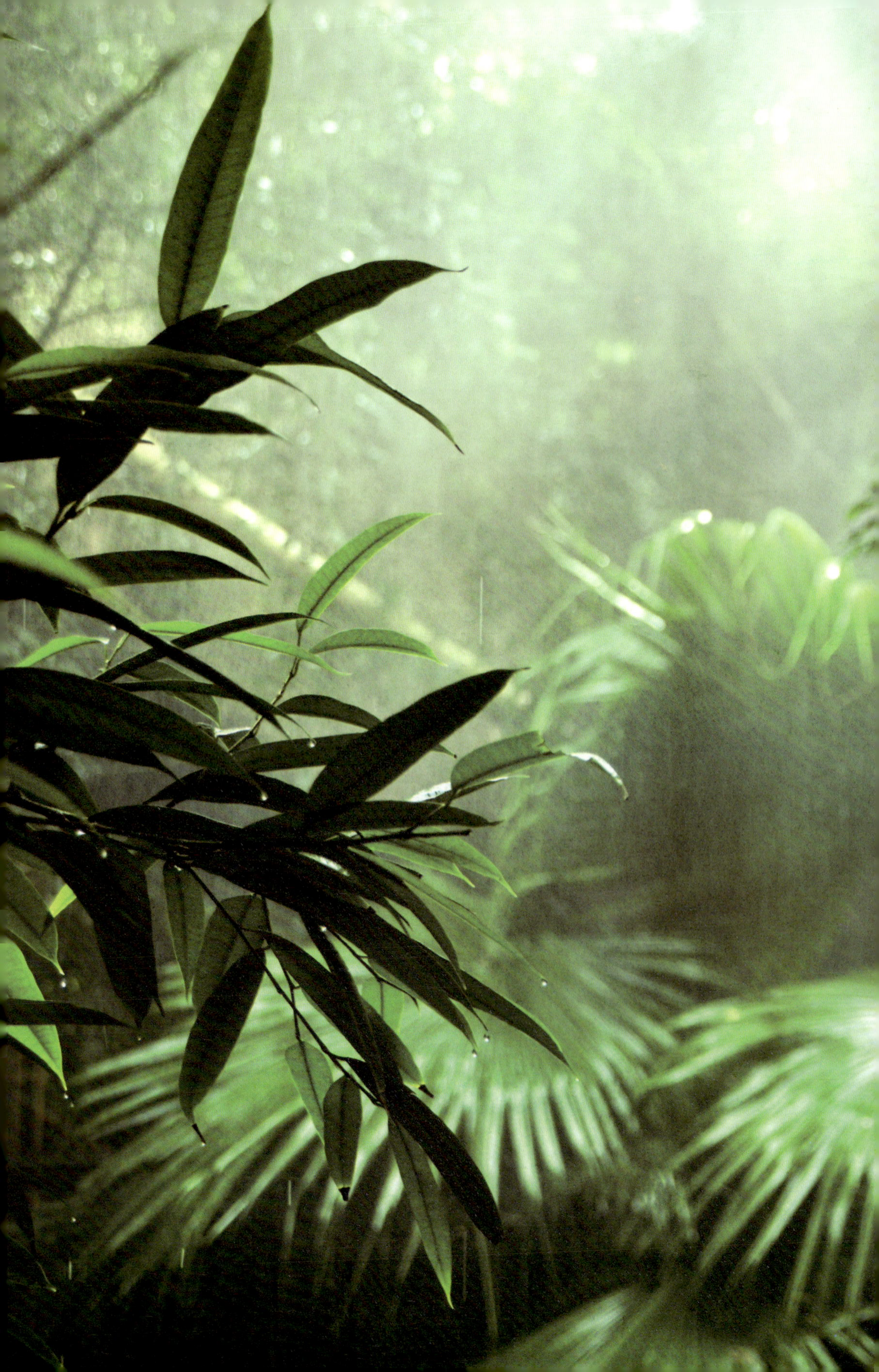

SOS MATA ATLÂNTICA

SOS Mata Atlântica

Instituída em 1986, a Fundação SOS Mata Atlântica é a primeira ONG a defender os últimos remanescentes de Mata Atlântica. Atuando na conservação da floresta mais ameaçada do país, assim como dos ambientes costeiros e marinhos a ela associados, a ONG busca o desenvolvimento sustentável e a qualidade de vida humana por meio do compromisso constante de convocar a comunidade para o exercício da cidadania ambiental; do reconhecimento do vínculo, solidariedade, respeito e integração com a natureza; e da promoção da educação para a sustentabilidade.

> PARA SABER MAIS SOBRE O GREENPEACE, O WWF E A SOS MATA ATLÂNTICA, ONGs QUE REALIZAM UM MARAVILHOSO E INCANSÁVEL TRABALHO EM PROL DA PRESERVAÇÃO DO PLANETA, ACESSE:
> http://reciclick.com.br/guia/ongs/

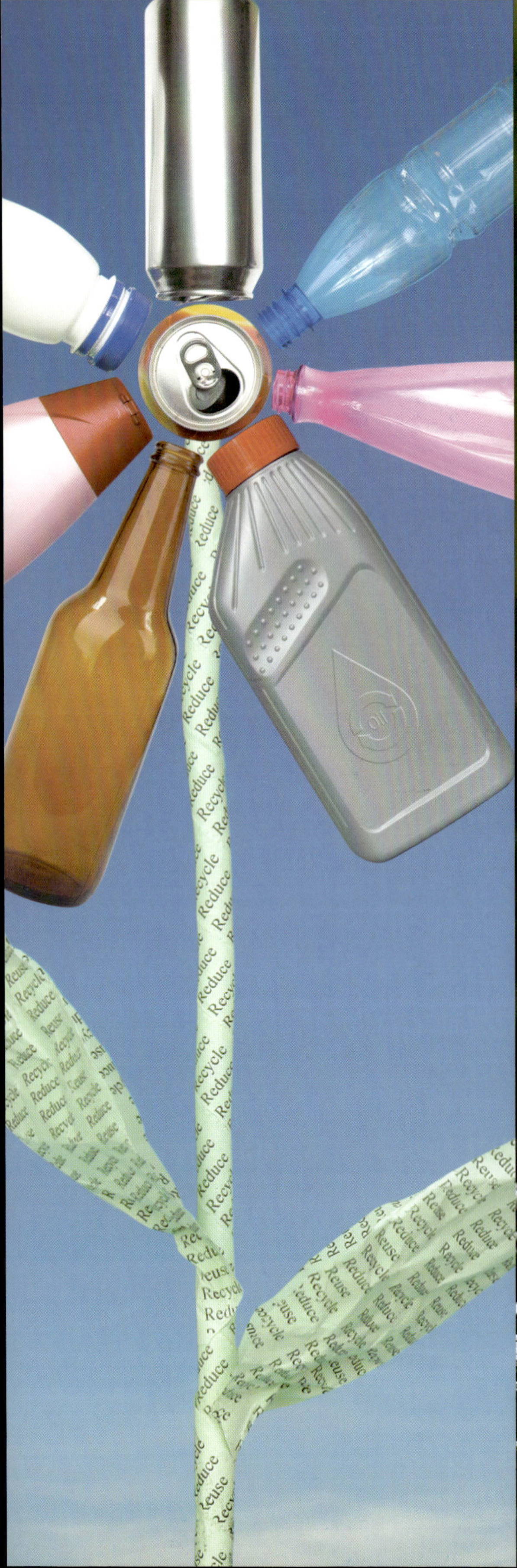
Reduce
Recycle
Reuse
oil
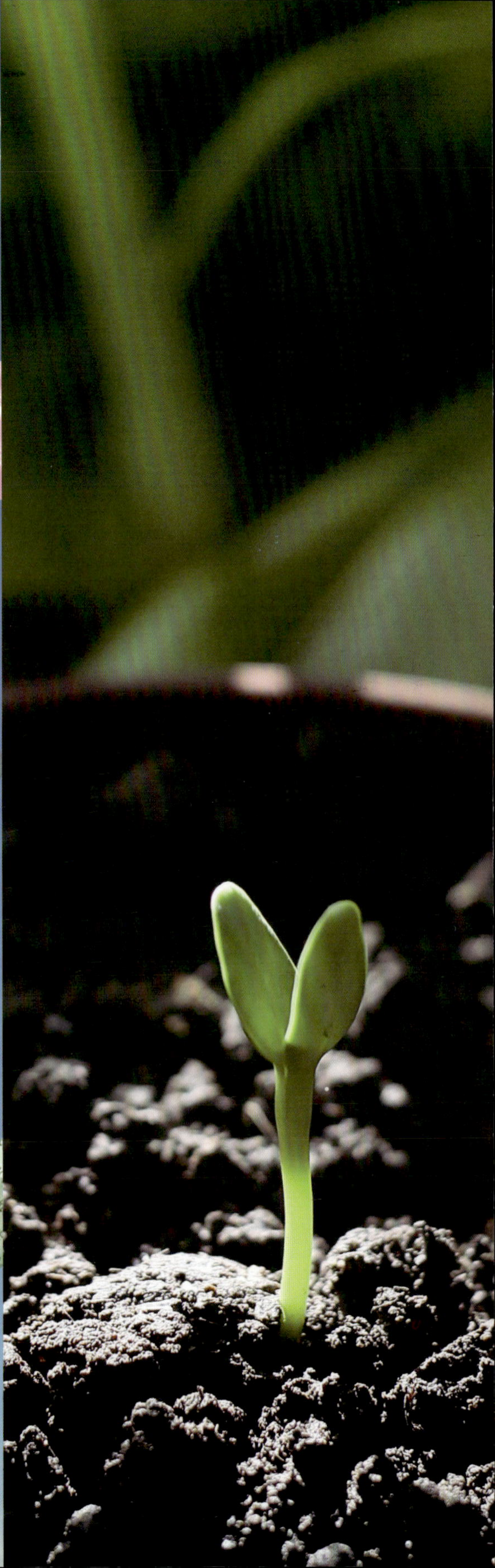

Últimas dicas

Mantenha-se bem informado, sempre! Essas são dicas comuns que você escuta todos os dias e que são extremamente importantes para a preservação do planeta em que vivemos.

Cuide das áreas verdes. Plante uma ou mais árvores.

O futuro do nosso planeta depende de você!

Como você já sabe, buscando melhores condições de vida, o homem promoveu enormes mudanças na natureza. Aprendeu a construir casas, prédios e rodovias; inventou a roda, as carroças, os aviões e até os foguetes espaciais; descobriu a cura para inúmeras doenças. Por meio da exploração dos recursos naturais, a humanidade atingiu patamares de conforto altíssimos, sequer imagináveis há algumas décadas.

Ao aproveitar-se das riquezas naturais, como se fossem oriundas de uma fonte sem fim, o ser humano alterou as engrenagens de um relógio perfeito, aquelas que regulam o funcionamento do planeta.

A exploração dos recursos está saindo do controle e já consumimos mais do que a natureza é capaz de repor, uma situação criada pelo alucinado ritmo de consumo imposto pela sociedade moderna. Entretanto, há muito desperdício e, sem que haja uma mudança radical em nossos hábitos, estaremos, cada um de nós, ameaçando a prosperidade da humanidade.

Não adianta apenas falar e ficar de braços cruzados. As mudanças só acontecerão se cada um de nós fizer a sua parte. Mais do que nunca é importante lembrar que cada gesto conta, principalmente os embasados nos valores humanos, como a ética e o respeito.

Precisamos ser a mudança que queremos para o mundo! Vamos começar agora mesmo, dando o exemplo.

SEJA VOCÊ A MUDANÇA QUE TANTO PROCURA NOS OUTROS. AS PESSOAS NÃO MUDAM COM COBRANÇAS, MUDAM COM EXEMPLOS.

PATRICIA ENGEL SECCO dedica-se à literatura há dezesseis anos, com a certeza de que quem lê se torna um cidadão ciente de seus direitos e consciente de suas responsabilidades. Já publicou quase trezentos títulos, todos com temas ligados ao desenvolvimento sustentável. Várias obras da autora foram premiadas pelo International Board on Books for Young People (IBBY) e pela União Brasileira de Escritores (UBE), em razão da qualidade e do conteúdo de seus livros, apresentados de maneira clara e sensível.

JAMILE BALAGUER CRUZ é consultora em planejamento estratégico para organizações públicas e privadas desde 1996. Ela trabalhou em grandes escritórios, como Andersen, PwC e Symnetics, e se especializou em ações de Responsabilidade Social Corporativa (RSC). Desde então desenvolve, em parceria com Patrícia Secco, programas de comunicação e mobilização para adultos e programas de ensino para crianças e adolescentes em que trata de vários temas sobre o desenvolvimento sustentável do nosso planeta.